鲁迅 著

阎晶明 主编

情鲁迅

鲁迅小全集

图书在版编目（CIP）数据

真情鲁迅 / 鲁迅著；阎晶明主编. -- 南京：江苏凤凰文艺出版社，2025.7. --（鲁迅小全集）. -- ISBN 978-7-5594-9820-5

Ⅰ. I210.7

中国国家版本馆CIP数据核字第2025MY2927号

真情鲁迅

鲁迅 著　阎晶明　主编

出 版 人	张在健
出版统筹	李　黎
责任编辑	李珊珊
特约编辑	王晓彤
责任印制	杨　丹
出版发行	江苏凤凰文艺出版社
	南京市中央路165号，邮编：210009
网　　址	http://www.jswenyi.com
印　　刷	南京新世纪联盟印务有限公司
开　　本	787毫米×1092毫米　1/32
印　　张	8
字　　数	115千字
版　　次	2025年7月第1版
印　　次	2025年7月第1次印刷
书　　号	ISBN 978-7-5594-9820-5
定　　价	178.00元（全6册）

江苏凤凰文艺版图书凡印刷、装订错误，可向出版社调换，联系电话 025-83280257

鲁迅在世时,人们对于他形象的严肃、文风的冷峻就多有议论,无论是崇仰者还是反对者,对鲁迅"冷"的定义是一致的,虽然解读与结论大不相同。但我们读鲁迅学生的回忆文章,那些记述中的鲁迅,总是表达着关心,传递着温暖。事实也是如此,从创作上鼓励到经济上扶助,鲁迅对朋友尤其是青年朋友的关爱,留下了许多佳话。

冷静的、超拔的鲁迅,事实上从不拒绝人间烟火。对家庭亲情总是尽着默默担当的责任。即使是"兄弟失和"之后的二弟周作人,始终追随鲁迅的三弟周建人,从他们多篇回忆鲁迅的文章中,都可以让人读出一个亲切的"大哥"形象。

鲁迅曾经不无愤懑地说过:"爱情是什么东西?我也不知道。"幸有《两地书》,让人看到一个别样的鲁迅。这些文字,与其说是要还原一个爱情故事,不如说更让人读出一种"醒而且真"的心声。这不是一个人、两个人的心声,而是一代人在特殊的历史时刻发出的内心共鸣。

　　本册的文章,就是基于以上的考量选出来的。唯一需要重申的是,鲁迅的热情,融合在他所有的作品中,包括那些匕首、投枪式的字里行间。如果读者朋友认为本册所选的文章对认识"真情鲁迅"具有某种直观作用,那就很值得欣慰了。

目　录

辑一

父亲的病	003
我们现在怎样做父亲	011
19320320 致母亲	027
19320702 致母亲	029
19330711 致母亲	031
19340315 致母亲	033
19340529 致母亲	034
19340613 致母亲	036
19340812 致母亲	038
19340821 致母亲	040
19340831 致母亲	042
19350717 致母亲	044
19351115 致母亲	046
19360201 致母亲	048
19360903 致母亲	050
19210713 致周作人	052
19210716 致周作人	055
19210731 致周作人	056

辑二

范爱农	061
关于太炎先生二三事	072
忆刘半农君	076
忆韦素园君	080
记念刘和珍君	088
为了忘却的记念	095
柔石小传	110
《守常全集》题记	112
内山完造作《活中国的姿态》序	116
萧红作《生死场》序	120
叶紫作《丰收》序	123
为半农题记《何典》后，作	126
白莽作《孩儿塔》序	131
导师	133
北京通信	136
19290322致韦素园	140
19330618致曹聚仁	143
19330929致山本初枝	147

19340723 致山本初枝	149
19340607 致增田涉	150
19341112 致萧军、萧红	152
19341206 致萧军、萧红	155
19350104 致萧军、萧红	160
19350319 致萧军	163
19350607 致萧军	165
19351004 致萧军	168
19261029 致李霁野	172
19261123 致李霁野	174
19350419 致唐弢	177
19350826 致唐弢	179
19360402 致颜黎民	181
19360415 致颜黎民	184

辑三

《两地书》序言	189
19250311 两地书　二	194

19250318 两地书	四	199
19250323 两地书	六	203
19250331 两地书	八	205
19250408 两地书	一〇	210
19250414 两地书	一二	214
19250422 两地书	一五	218
19250530 两地书	二四	223
19250602 两地书	二六	227
19250613 两地书	二九	229
19250628 两地书	三二	234
19250715 两地书	三四	235
19250729 两地书	三五	237
19260928 两地书	四八	239

辑一

父亲的病

大约十多年前罢，S城中曾经盛传过一个名医的故事：

他出诊原来是一元四角，特拔十元，深夜加倍，出城又加倍。有一夜，一家城外人家的闺女生急病，来请他了，因为他其时已经阔得不耐烦，便非一百元不去。他们只得都依他。待去时，却只是草草地一看，说道"不要紧的"，开一张方，拿了一百元就走。那病家似乎很有钱，第二天又来请了。他一到门，只见主人笑面承迎，道，"昨晚服了先生的药，好得多了，所以再请你来复诊一回。"仍旧引到房里，老妈子便将病人的手拉出帐外来。他一按，冷冰冰的，也没有脉，于是点点头道，"唔，这病我明白了。"从从容容走到桌前，取了药方纸，提笔写道：

"凭票付英洋壹百元正。"下面是署名,画押。

"先生,这病看来很不轻了,用药怕还得重一点罢。"主人在背后说。

"可以,"他说。于是另开了一张方:

"凭票付英洋贰百元正。"下面仍是署名,画押。

这样,主人就收了药方,很客气地送他出来了。

我曾经和这名医周旋过两整年,因为他隔日一回,来诊我的父亲的病。那时虽然已经很有名,但还不至于阔得这样不耐烦;可是诊金却已经是一元四角。现在的都市上,诊金一次十元并不算奇,可是那时是一元四角已是巨款,很不容易张罗的了;又何况是隔日一次。他大概的确有些特别,据舆论说,用药就与众不同。我不知道药品,所觉得的,就是"药引"的难得,新方一换,就得忙一大场。先买药,再寻药引。"生姜"两片,竹叶十片去尖,他是不用的了。起码是芦根,须到河边去掘;一到经霜三年的甘蔗,便至少也得搜寻两三天。可是说也奇怪,大约后来总没有购求不到的。

据舆论说,神妙就在这地方。先前有一个病人,百药无效;待到遇见了什么叶天士先生,只在旧方上加了一味药引：梧桐叶。只一服，便霍然而愈了。"医者，意也。"其时是秋天，而梧桐先知秋气。其先百药不投，今以秋气动之，以气感气，所以……。我虽然并不了然，但也十分佩服，知道凡有灵药，一定是很不容易得到的，求仙的人，甚至于还要拼了性命，跑进深山里去采呢。

这样有两年，渐渐地熟识，几乎是朋友了。父亲的水肿是逐日利害，将要不能起床；我对于经霜三年的甘蔗之流也逐渐失了信仰，采办药引似乎再没有先前一般踊跃了。正在这时候，他有一天来诊，问过病状，便极其诚恳地说：

"我所有的学问，都用尽了。这里还有一位陈莲河先生，本领比我高。我荐他来看一看，我可以写一封信。可是，病是不要紧的，不过经他的手，可以格外好得快……。"

这一天似乎大家都有些不欢，仍然由我恭敬地送他上轿。进来时，看见父亲的脸色很异样，和大家谈论，大意是说自己的病大概没有希望的了；他因为看了两年，毫无效验，脸又太熟了，未免有些难以为情，所以等到危急时候，便荐一个生手自代，和自己完全脱了干系。但另外有什么法子呢？本城的名医，除他之外，实在也只有一个陈莲河了。明天就请陈莲河。

陈莲河的诊金也是一元四角。但前回的名医的脸是圆而胖的，他却长而胖了：这一点颇不同。还有用药也不同，前回的名医是一个人还可以办的，这一回却是一个人有些办不妥帖了，因为他一张药方上，总兼有一种特别的丸散和一种奇特的药引。

芦根和经霜三年的甘蔗，他就从来没有用过。最平常的是"蟋蟀一对"，旁注小字道："要原配，即本在一窠中者。"似乎昆虫也要贞节，续弦或再醮，连做药资格也丧失了。但这差使在我并不为难，走进百草园，十对也容易得，将它们用线一缚，活活地掷入沸汤中完事。然而还有"平地木十株"呢，这可谁也不知道是什么东西了，问药店，问乡下人，问卖草药的，问老年人，问读书人，问木匠，都只是摇摇头，临末才记起了那远房的叔祖，爱种一点花木的老人，跑去一问，他果然知道，是生在山中树下的一种小树，能结红子如小珊瑚珠的，普通都称为"老弗大"。

"踏破铁鞋无觅处，得来全不费工夫。"药引寻到了，然而还有一种特别的丸药：败鼓皮丸。这"败鼓皮丸"就是用打破的旧鼓皮做成；水肿一名鼓胀，一用打破的鼓皮自然就可以克伏他。清朝的刚毅因为憎恨"洋鬼子"，预备打他们，练了些兵称作"虎神营"，取虎能食羊，神能伏鬼的意思，也就是这道理。可惜这一种神药，全城中只有一家出售的，离我家就有五里，但这却不像平地木那样，必须暗中摸索了，陈莲河先生开方之后，就恳切详细地给我们说明。

"我有一种丹，"有一回陈莲河先生说，"点在舌上，我想一定可以见效。因为舌乃心之灵苗……。价钱也并不贵，只要两块钱一盒……。"

我父亲沉思了一会，摇摇头。

"我这样用药还会不大见效，"有一回陈莲河先生又说，"我想，可以请人看一看，可有什么冤愆……。医能医病，不能医命，对不对？自然，这也许是前世的事……。"

我的父亲沉思了一会，摇摇头。

凡国手，都能够起死回生的，我们走过医生的门前，常可以看见这样的匾额。现在是让步一点了，连医生自己也说道："西医长于外科，中医长于内科。"但是S城那时不但没有西医,并且谁也还没有想到天下有所谓西医,因此无论什么,都只能由轩辕岐伯的嫡派门徒包办。轩辕时候是巫医不分的,所以直到现在,他的门徒就还见鬼,而且觉得"舌乃心之灵苗"。这就是中国人的"命",连名医也无从医治的。

不肯用灵丹点在舌头上,又想不出"冤愆"来,自然,单吃了一百多天的"败鼓皮丸"有什么用呢?依然打不破水肿,父亲终于躺在床上喘气了。还请一回陈莲河先生,这回是特拔,大洋十元。他仍旧泰然的开了一张方,但已停止败鼓皮丸不用,药引也不很神妙了,所以只消半天,药就煎好,灌下去,却从口角上回了出来。

从此我便不再和陈莲河先生周旋,只在街上有时看见他坐在三名轿夫的快轿里飞一般抬过;听说他现在还康健,一面行医,一面还做中医什么学报,正在和只长于外科的西医奋斗哩。

中西的思想确乎有一点不同。听说中国的孝子们,一到将要"罪孽深重祸延父母"的时候,就买几斤人参,煎汤灌下去,希望父母多喘几天气,即使半天也好。我的一位教医学的先生却教给我医生的职务道:

可医的应该给他医治,不可医的应该给他死得没有痛苦。——但这先生自然是西医。

父亲的喘气颇长久,连我也听得很吃力,然而谁也不能帮助他。我有时竟至于电光一闪似的想道:"还是快一点喘完了罢……。"立刻觉得这思想就不该,就是犯了罪;但同时又觉得这思想实在是正当的,我很爱我的父亲。便是现在,也还是这样想。

早晨,住在一门里的衍太太进来了。她是一个精通礼节的妇人,说我们不应该空等着。于是给他换衣服;又将纸锭和一种什么《高王经》烧成灰,用纸包了给他捏在拳头里……。

"叫呀,你父亲要断气了。快叫呀!"衍太太说。

"父亲!父亲!"我就叫起来。

"大声!他听不见。还不快叫?!"

"父亲!!!父亲!!!"

他已经平静下去的脸,忽然紧张了,将眼微微一睁,仿佛有一些苦痛。

"叫呀!快叫呀!"她催促说。

"父亲!!!"

"什么呢?……不要嚷。……不……。"他低低地说,又较急地喘着气,好一会,这才复了原状,平静下去了。

"父亲!!!"我还叫他,一直到他咽了气。

我现在还听到那时的自己的这声音,每听到时,就觉得这却是我对于父亲的最大的错处。

十月七日。

我们现在怎样做父亲

我作这一篇文的本意,其实是想研究怎样改革家庭;又因为中国亲权重,父权更重,所以尤想对于从来认为神圣不可侵犯的父子问题,发表一点意见。总而言之:只是革命要革到老子身上罢了。但何以大模大样,用了这九个字的题目呢?这有两个理由:

第一,中国的"圣人之徒",最恨人动摇他的两样东西。一样不必说,也与我辈绝不相干;一样便是他的伦常,我辈却不免偶然发几句议论,所以株连牵扯,很得了许多"铲伦常""禽兽行"之类的恶名。他们以为父对于子,有绝对的权力和威严;若是老子说话,当然无所不可,儿子有话,却在未说之前早已错了。但祖父子孙,本来各各都只是生命的桥梁的一级,决不是固定不易的。现在的子,便是将来的父,也便是将来的祖。我知道我辈和读者，若不是现任之父，也一定是候补之父，而且也都有做祖宗的希望，所差只在一个时间。为想省却许多麻烦起见，我们便该无须客气，尽可先行占住了上风，摆出父亲的尊严，谈谈我们和我们子女的事；不但将来着手实行，可以减少困难，在中国也顺理成章，免得"圣人之徒"听了害怕，总算是一举两得之至的事了。所以说，"我们怎样做父亲。"

第二，对于家庭问题，我在《新青年》的《随感录》（二五，四十，四九）中，曾经略略说及，总括大意，便只是从我们起，解放了后来的人。论到解放子女，本是极平常的事，当然不必有什么讨论。但中国的老年，中了旧习惯旧思想的毒太深了，决定悟不过来。譬如早晨听到乌鸦叫，少年毫不介意，迷信的老人，却总须颓唐半天。虽然很可怜，然而也无法可救。没有法，便只能先从觉醒的人开手，各自解放了自己的孩子。自己背着因袭的重担，肩住了黑暗的闸门，放他们到宽阔光明的地方去；此后幸福的度日，合理的做人。

还有，我曾经说，自己并非创作者，便在上海报纸的《新教训》里，挨了一顿骂。但我辈评论事情，总须先评论了自己，不要冒充，才能像一篇说话，对得起自己和别人。我自己知道，不特并非创作者，并且也不是真理的发见者。凡有所说所写，只是就平日见闻的事理里面，取了一点心以为然的道理；至于终极究竟的事，却不能知。便是对于数年以后的学说的进步和变迁，也说不出会到如何地步，单相信比现在总该还有进步还有变迁罢了。所以说，"我们现在怎样做父亲。"

我现在心以为然的道理，极其简单。便是依据生物界的现象，一，要保存生命；二，要延续这生命；三，要发展这生命（就是进化）。生物都这样做，父亲也就是这样做。

生命的价值和生命价值的高下，现在可以不论。单照常识判断，便知道既是生物，第一要紧的自然是生命。因为生物之所以为生物，全在有这生命，否则失了生物的意义。生物为保存生命起见，具有种种本能，最显著的是食欲。因有食欲才摄取食品，因有食品才发生温热，保存了生命。但生物的个体，总免不了老衰和死亡，为继续生命起见，又有一种本能，便是性欲。因性欲才有性交，因有性交才发生苗裔，继续了生命。所以食欲是保存自己，保存现在生命的事；性欲是保存后裔，保存永久生命的事。饮食并非罪恶,并非不净;性交也就并非罪恶,并非不净。饮食的结果,养活了自己,对于自己没有恩;性交的结果,生出子女,对于子女当然也算不了恩。——前前后后,都向生命的长途走去,仅有先后的不同,分不出谁受谁的恩典。

可惜的是中国的旧见解,竟与这道理完全相反。夫妇是"人伦之中",却说是"人伦之始";性交是常事,却以为不净;生育也是常事,却以为天大的大功。人人对于婚姻,大抵先夹带着不净的思想。亲戚朋友有许多戏谑,自己也有许多羞涩,直到生了孩子,还是躲躲闪闪,怕敢声明;独有对于孩子,却威严十足。这种行径,简直可以说是和偷了钱发迹的财主,不相上下了。我并不是说,——如他们攻击者所意想的,——人类的性交也应如别种动物,随便举行;或如无耻流氓,专做些下流举动,自鸣得意。是说,此后觉醒的人,应该先洗净了东方固有的不净思想,再纯洁明白一些,了解夫妇是伴侣,是共同劳动者,又是新生命创造者的意义。所生的子女,固然是受领新生命的人,但他也不永久占领,将来还要交付子女,像他们的父母一般。只是前前后后,都做一个过付的经手人罢了。

生命何以必需继续呢？就是因为要发展，要进化。个体既然免不了死亡，进化又毫无止境，所以只能延续着，在这进化的路上走。走这路须有一种内的努力，有如单细胞动物有内的努力，积久才会繁复，无脊椎动物有内的努力，积久才会发生脊椎。所以后起的生命，总比以前的更有意义，更近完全，因此也更有价值，更可宝贵；前者的生命，应该牺牲于他。

但可惜的是中国的旧见解，又恰恰与这道理完全相反。本位应在幼者，却反在长者；置重应在将来，却反在过去。前者做了更前者的牺牲，自己无力生存，却苛责后者又来专做他的牺牲，毁灭了一切发展本身的能力。我也不是说，——如他们攻击者所意想的，——孙子理应终日痛打他的祖父，女儿必须时时咒骂他的亲娘。是说，此后觉醒的人，应该先洗净了东方古传的谬误思想，对于子女，义务思想须加多，而权利思想却大可切实核减，以准备改作幼者本位的道德。况且幼者受了权利，也并非永久占有，将来还要对于他们的幼者，仍尽义务。只是前前后后，都做一切过付的经手人罢了。

"父子间没有什么恩"这一个断语，实是招致"圣人之徒"面红耳赤的一大原因。他们的误点,便在长者本位与利己思想,权利思想很重,义务思想和责任心却很轻。以为父子关系,只须"父兮生我"一件事,幼者的全部,便应为长者所有。尤其堕落的,是因此责望报偿,以为幼者的全部,理该做长者的牺牲。殊不知自然界的安排,却件件与这要求反对,我们从古以来,逆天行事,于是人的能力,十分萎缩,社会的进步,也就跟着停顿。我们虽不能说停顿便要灭亡,但较之进步,总是停顿与灭亡的路相近。

  自然界的安排,虽不免也有缺点,但结合长幼的方法,却并无错误。他并不用"恩",却给与生物以一种天性,我们称他为"爱"。动物界中除了生子数目太多——爱不周到的如鱼类之外,总是挚爱他的幼子,不但绝无利益心情,甚或至于牺牲了自己,让他的将来的生命,去上那发展的长途。

  人类也不外此,欧美家庭,大抵以幼者弱者为本位,便是最合于这生物学的真理的办法。便在中国,只要心思纯白,未曾经过"圣人之徒"作践的人,也都自然而然的能发现这一种天性。例如一个村妇哺乳婴儿的时候,决不想到自己正在施恩;一个农夫娶妻的时候，也决不以为将要放债。只是有了子女，即天然相爱，愿他生存；更进一步的，便还要愿他比自己更好，就是进化。这离绝了交换关系利害关系的爱，便是人伦的索子，便是所谓"纲"。倘如旧说，抹煞了"爱"，一味说"恩"，又因此责望报偿，那便不但败坏了父子间的道德，而且也大反于做父母的实际的真情，播下乖剌的种子。有人做了乐府，说是"劝孝"，大意是什么"儿子上学堂，母亲在家磨杏仁，预备回来给他喝，你还不孝么"之类，自以为"拼命卫道"。殊不知富翁的杏酪和穷人的豆浆，在爱情上价值同等，而其价值却正在父母当时并无求报的心思；否则变成买卖行为，虽然喝了杏酪，也不异"人乳喂猪"，无非要猪肉肥美，在人伦道德上，丝毫没有价值了。

所以我现在心以为然的，便只是"爱"。

无论何国何人，大都承认"爱己"是一件应当的事。这便是保存生命的要义，也就是继续生命的根基。因为将来的运命，早在现在决定，故父母的缺点，便是子孙灭亡的伏线，生命的危机。易卜生做的《群鬼》（有潘家洵君译本，载在《新潮》一卷五号）虽然重在男女问题，但我们也可以看出遗传的可怕。欧士华本是要生活，能创作的人，因为父亲的不检，先天得了病毒，中途不能做人了。他又很爱母亲，不忍劳他服侍，便藏着吗啡，想待发作时候，由使女瑞琴帮他吃下，毒杀了自己；可是瑞琴走了。他于是只好托他母亲了。

欧 "母亲，现在应该你帮我的忙了。"

阿夫人 "我吗？"

欧 "谁能及得上你。"

阿夫人 "我！你的母亲！"

欧 "正为那个。"

阿夫人 "我，生你的人！"

欧 "我不曾教你生我。并且给我的是一种什么日子？

　　我不要他！你拿回去罢！"

这一段描写，实在是我们做父亲的人应该震惊戒惧佩服的；决不能昧了良心，说儿子理应受罪。这种事情，中国也很多，只要在医院做事，便能时时看见先天梅毒性病儿的惨状；而且傲然的送来的，又大抵是他的父母。但可怕的遗传，并不只是梅毒；另外许多精神上体质上的缺点，也可以传之子孙，而且久而久之，连社会都蒙着影响。我们且不高谈人群，单为子女说，便可以说凡是不爱己的人，实在欠缺做父亲的资格。就令硬做了父亲，也不过如古代的草寇称王一般，万万算不了正统。将来学问发达，社会改造时，他们侥幸留下的苗裔，恐怕总不免要受善种学（Eugenics）者的处置。

倘若现在父母并没有将什么精神上体质上的缺点交给子女，又不遇意外的事，子女便当然健康，总算已经达到了继续生命的目的。但父母的责任还没有完，因为生命虽然继续了，却是停顿不得，所以还须教这新生命去发展。凡动物较高等的，对于幼雏，除了养育保护以外，往往还教他们生存上必需的本领。例如飞禽便教飞翔，鸷兽便教搏击。人类更高几等，便也有愿意子孙更进一层的天性。这也是爱，上文所说的是对于现在，这是对于将来。只要思想未遭锢蔽的人，谁也喜欢子女比自己更强，更健康，更聪明高尚，——更幸福；就是超越了自己，超越了过去。超越便须改变，所以子孙对于祖先的事，应该改变，"三年无改于父之道可谓孝矣"，当然是曲说，是退婴的病根。假使古代的单细胞动物，也遵着这教训，那便永远不敢分裂繁复，世界上再也不会有人类了。

幸而这一类教训，虽然害过许多人，却还未能完全扫尽了一切人的天性。没有读过"圣贤书"的人，还能将这天性在名教的斧钺底下，时时流露，时时萌蘖；这便是中国人虽然凋落萎缩，却未灭绝的原因。

所以觉醒的人，此后应将这天性的爱，更加扩张，更加醇化；用无我的爱，自己牺牲于后起新人。开宗第一，便是理解。往昔的欧人对于孩子的误解，是以为成人的预备；中国人的误解，是以为缩小的成人。直到近来，经过许多学者的研究，才知道孩子的世界，与成人截然不同；倘不先行理解，一味蛮做，便大碍于孩子的发达。所以一切设施，都应该以孩子为本位，日本近来，觉悟的也很不少；对于儿童的设施，研究儿童的事业，都非常兴盛了。第二，便是指导。时势既有改变，生活也必须进化；所以后起的人物，一定尤异于前，决不能用同一模型，无理嵌定。长者须是指导者协商者，却不该是命令者。不但不该责幼者供奉自己；而且还须用全副精神，专为他们自己，养成他们有耐劳作的体力，纯洁高尚的道德，广博自由能容纳新潮流的精神，也就是能在世界新潮流中游泳，不被淹没的力量。第三，便是解放。子女是即我非我的人，但既已分立，也便是人类中的人。因为即我，所以更应该尽教育的义务，交给他们自立的能力；因为非我，所以也应同时解放，全部为他们自己所有，成一个独立的人。

这样，便是父母对于子女，应该健全的产生，尽力的教育，完全的解放。

但有人会怕，仿佛父母从此以后，一无所有，无聊之极了。这种空虚的恐怖和无聊的感想，也即从谬误的旧思想发生；倘明白了生物学的真理，自然便会消灭。但要做解放子女的父母，也应预备一种能力。便是自己虽然已经带着过去的色采，却不失独立的本领和精神，有广博的趣味，高尚的娱乐。要幸福么？连你的将来的生命都幸福了。要"返老还童"，要"老复丁"么？子女便是"复丁"，都已独立而且更好了。这才是完了长者的任务，得了人生的慰安。倘若思想本领，样样照旧，专以"勃？"为业，行辈自豪，那便自然免不了空虚无聊的苦痛。

或者又怕，解放之后，父子间要疏隔了。欧美的家庭，专制不及中国，早已大家知道；往者虽有人比之禽兽，现在却连"卫道"的圣徒，也曾替他们辩护，说并无"逆子叛弟"了。因此可知：惟其解放，所以相亲；惟其没有"拘挛"子弟的父兄，所以也没有反抗"拘挛"的"逆子叛弟"。若威逼利诱，便无论如何，决不能有"万年有道之长"。例便如我中国，汉有举孝，唐有孝悌力田科，清末也还有孝廉方正，都能换到官做。父恩谕之于先，皇恩施之于后，然而割股的人物，究属寥寥。足可证明中国的旧学说旧手段，实在从古以来，并无良效，无非使坏人增长些虚伪，好人无端的多受些人我都无利益的苦痛罢了。

独有"爱"是真的。路粹引孔融说，"父之于子，当有何亲？论其本意，实为情欲发耳。子之于母，亦复奚为，譬如寄物瓶中，出则离矣。"（汉末的孔府上，很出过几个有特色的奇人，不像现在这般冷落，这话也许确是北海先生所说；只是攻击他的偏是路粹和曹操，教人发笑罢了。）虽然也是一种对于旧说的打击，但实于事理不合。因为父母生了子女，同时又有天性的爱，这爱又很深广很长久，不会即离。现在世界没有大同，相爱还有差等，子女对于父母，也便最爱，最关切，不会即离。所以疏隔一层，不劳多虑。至于一种例外的人，或者非爱所能钩连。但若爱力尚且不能钩连,那便任凭什么"恩威,名分,天经,地义"之类,更是钩连不住。

或者又怕,解放之后,长者要吃苦了。这事可分两层:第一,中国的社会,虽说"道德好",实际却太缺乏相爱相助的心思。便是"孝""烈"这类道德,也都是旁人毫不负责,一味收拾幼者弱者的方法。在这样社会中,不独老者难于生活,即解放的幼者,也难于生活。第二,中国的男女,大抵未老先衰,甚至不到二十岁,早已老态可掬,待到真实衰老,便更须别人扶持。所以我说,解放子女的父母,应该先有一番预备;而对于如此社会,尤应该改造,使他能适于合理的生活。许多人预备着,改造着,久而久之,自然可望实现了。单就别国的往时而言,斯宾塞未曾结婚,不闻他佗傺无聊;瓦特早没有了子女,也居然"寿终正寝",何况在将来,更何况有儿女的人呢?

或者又怕,解放之后,子女要吃苦了。这事也有两层,全如上文所说,不过一是因为老而无能,一是因为少不更事罢了。因此觉醒的人,愈觉有改造社会的任务。中国相传的成法,谬误很多:一种是锢闭,以为可以与社会隔离,不受影响。一种是教给他恶本领,以为如此才能在社会中生活。用这类方法的长者,虽然也含有继续生命的好意,但比照事理,却决定谬误。此外还有一种,是传授些周旋方法,教他们顺应社会。这与数年前讲"实用主义"的人,因为市上有假洋钱,便要在学校里遍教学生看洋钱的法子之类,同一错误。社会虽然不能不偶然顺应,但决不是正当办法。因为社会不良,恶现象便很多,势不能一一顺应;倘都顺应了,又违反了合理的生活,倒走了进化的路。所以根本方法,只有改良社会。

就实际上说,中国旧理想的家族关系父子关系之类,其实早已崩溃。这也非"于今为烈",正是"在昔已然"。历来都竭力表彰"五世同堂",便足见实际上同居的为难;拼命的劝孝,也足见事实上孝子的缺少。而其原因,便全在一意提倡虚伪道德,蔑视了真的人情。我们试一翻大族的家谱,便知道始迁祖宗,大抵是单身迁居,成家立业;一到聚族而居,家谱出版,却已在零落的中途了。况在将来,迷信破了,便没有哭竹,卧冰;医学发达了,也不必尝秽,割股。又因为经济关系,结婚不得不迟,生育因此也迟,或者子女才能自存,父母已经衰老,不及依赖他们供养,事实上也就是父母反尽了义务。世界潮流逼拶着，这样做的可以生存，不然的便都衰落；无非觉醒者多，加些人力，便危机可望较少就是了。

但既如上言，中国家庭，实际久已崩溃，并不如"圣人之徒"纸上的空谈，则何以至今依然如故，一无进步呢？这事很容易解答。第一，崩溃者自崩溃，纠缠者自纠缠，设立者又自设立；毫无戒心，也不想到改革，所以如故。第二，以前的家庭中间，本来常有勃谿，到了新名词流行之后，便都改称"革命"，然而其实也仍是讨嫖钱至于相骂，要赌本至于相打之类，与觉醒者的改革，截然两途。这一类自称"革命"的勃谿子弟，纯属旧式，待到自己有了子女，也决不解放；或者毫不管理，或者反要寻出《孝经》，勒令诵读，想他们"学于古训"，都做牺牲。这只能全归旧道德旧习惯旧方法负责，生物学的真理决不能妄任其咎。

既如上言，生物为要进化，应该继续生命，那便"不孝有三无后为大"，三妻四妾，也极合理了。这事也很容易解答。人类因为无后，绝了将来的生命，虽然不幸，但若用不正当的方法手段，苟延生命而害及人群，便该比一人无后，尤其"不孝"。因为现在的社会，一夫一妻制最为合理，而多妻主义，实能使人群堕落。堕落近于退化，与继续生命的目的，恰恰完全相反。无后只是灭绝了自己，退化状态的有后，便会毁到他人。人类总有些为他人牺牲自己的精神，而况生物自发生以来，交互关联，一人的血统，大抵总与他人有多少关系，不会完全灭绝。所以生物学的真理，决非多妻主义的护符。

总而言之，觉醒的父母，完全应该是义务的，利他的，牺牲的，很不易做；而在中国尤不易做。中国觉醒的人，为想随顺长者解放幼者，便须一面清结旧账，一面开辟新路。就是开首所说的"自己背着因袭的重担，肩住了黑暗的闸门，放他们到宽阔光明的地方去；此后幸福的度日，合理的做人。"这是一件极伟大的要紧的事，也是一件极困苦艰难的事。

但世间又有一类长者，不但不肯解放子女，并且不准子女解放他们自己的子女；就是并要孙子曾孙都做无谓的牺牲。这也是一个问题；而我是愿意平和的人，所以对于这问题，现在不能解答。

一九一九年十月。

19320320 致母亲

母亲大人膝下敬禀者,十七日寄奉一函,想已到。现男等已于十九日回寓,见寓中窗户,亦被炸弹碎片穿破四处,震碎之玻璃,有十一块之多。当时虽有友人代为照管,但究不能日夜驻守,故衣服什物,已有被窃去者,计害马衣服三件,海婴衣裤袜子手套等十件,皆系害马用毛线自编,厨房用具五六件,被一条,被单五六张,合共值洋七十元,损失尚算不多。两个用人,亦被窃去值洋二三十元之物件。惟男则除不见了一柄洋伞之外,其余一无所失,可见书籍及破衣服,偷儿皆看不入眼也。

老三旧寓,则被炸毁小半,门窗多粉碎,但老三之物,则除木器颇被炸破之外,衣服尚无大损,不过房子已不能住,所以他搬到法租界去了。

海婴疹子见点之前一天,尚在街上吹了半天风,但次日却发得很好,移至旅馆,又值下雪而大冷,亦并无妨碍,至十八夜,热已退净,遂一同回寓。现在胃口很好,人亦活泼,而更加顽皮,因无别个孩子同玩,所以只在大人身边吵嚷,令男不能安静。所说之话亦更多,大抵为绍兴话,且喜吃咸,如霉豆腐,盐菜之类。现已大抵吃饭及粥,牛乳只吃两回矣。

男及害马,全都安好,请勿念。淑卿小姐久不见,但闻其肚子已很大,不久便将生产,生后则当与其男人同回四川云。专此布达,恭请

金安。

男树　叩上　三月二十日夜

19320702 致母亲

母亲大人膝下敬禀者,顷接到六月二十六日来信,敬悉一切。海婴现已全愈,且又胖起来,与生病以前相差无几,但还在吃粥,明后天就要给他吃饭了。他很喜欢玩耍,日前给他买了一套孩子玩的木匠家生,所以现在天天在敲钉,不过不久就要玩厌的。近来也常常领他到公园去,因为在家里也实在闹得令人心烦。附上照片一张,是我们寓所附近之处,房屋均已修好,已经看不出战事的痕迹来,站在中间的是害马抱着海婴,但因为照得太小,所以看不清楚了。上海已逐渐暖热,霍乱曾大流行,现已较少,大约从此可以消灭下去。男及害马均安好,请勿念。老三已经回到上海,

下半年去否未定,男则以为如别处有事可做,总以不去为是,因为现在的学校,几乎没有一个可以安稳教书吃饭也。专此布达,恭请

金安。

    男树　叩上害马及海婴随叩　七月二日

19330711 致母亲

母亲大人膝下敬禀者,七月四日的信,已经收到,前一信也收到了。家中既可没有问题,甚好,其实以现在生活之艰难,家中历来之生活法,也还要算是中上,倘还不能相谅,大惊小怪,那真是使人为难了。现既特雇一人,专门伏侍,就这样试试再看罢。男一切如常,但因平日多讲话,毫不客气,所以怀恨者颇多,现在不大走出外面去,只在寓里看看书,但也仍做文章,因为这是吃饭所必需,无法停止也,然而因此又会遇到危险,真是无法可想。害马虽忙,但平安如常,可释远念。海婴是更加长大了,下巴已出在桌面之上,因为搬了房子,常在明堂里游戏,或到田野间去,所以身体也比先前好些。能讲之话很多,虽然有时要撒野,但也能听大人的话。许多人都说他太聪明,还欠木一点,男想这大约因为常与大人在一起,没有小朋友之故,耳濡目染,知道的事就多起来,所以一到秋凉,想送他到幼稚园去了。上海近数日大热,屋内亦有九十度,不过数日之后,恐怕还要凉的。专此布达,恭请

金安。

                男树　叩上　七月十一日
                  广平及海婴同叩

19340315 致母亲

母亲大人膝下,敬禀者,久未得来示为念。近闻天津报上,有登男生脑炎症者,全系谣言,请勿念为要。害马亦好,惟海婴于十日前患伤风发热,即经延医诊治,现已渐愈矣。和荪兄不知已动身否?至今未见其来访也。专此布达,恭请

金安。

  男树　叩上。广平及海婴随叩　三月十五夜。

19340529 致母亲

母亲大人膝下,敬禀者,五月十六日来函,早已收到。

胃痛大约很与香烟有关,医生说亦如此,但减少颇不容易,拟逐渐试办,且已改吸较好之烟卷矣。至于痛,则早已全愈,停药已有两星期之久了,请勿念。害马及海婴均安好,惟海婴日见长大,自有主意,常出门外与一切人捣乱,不问大小,都去冲突,管束颇觉吃力耳。

十六日函中,并附有太太来信,言可铭之第二子,在上海作事,力不能堪,且多病,拟招至京寓,一面觅事,问男意见如何。可铭之子,三人均在沪,其第三子由老三荐入印刷厂中,第二子亦曾力为设法,但终无结果。男为生活计,只能漂浮于外,毫无恒产,真所谓做一日,算一日,对于自己,且不能知明日之办法,京寓离开已久,更无从知道详情及将来,所以此等事情,可请太太自行酌定,男并无意见,且亦无从有何主张也。以上乞转告为祷。专此布达,恭请

金安。

  男树　叩上　广平及海婴同叩　五月廿九日

19340613 致母亲

母亲大人膝下,敬禀者:来信已经收到。海婴这几天不到外面去闹事了,他又到公园和乡下去。而且日见其长,但不胖,议论极多,在家时简直说个不歇。动物是不能给他玩的,他有时优待,有时则要虐待,寓中养着一匹老鼠,前几天他就用蜡烛将后脚烧坏了。至于学校,则今年拟不给他去,因为四近实无好小学,有些是骗钱的,教员虽然打扮得很时髦,却无学问;有些是教会开的,常要讲教,更为讨厌。海婴虽说是六岁,但须到本年九月底,才是十足五岁,所以不如暂且任他玩着,待到足六岁时再看罢。

上海从今天起,已入了梅雨天,虽然比绍兴好,但究竟也颇潮湿。一面则苍蝇蚊子,都出来了。男胃病已愈,害马亦安好,可请勿念。李秉中君在南京办事,家眷即住在南京,他自己则有时出外,因为他是在陆军里做训育事务的,所以有时要跟着走,上月见过一回,比先前胖得多了。

余容续禀,专此布达,恭请

金安。

   男树 叩上。广平及海婴同叩 六月十三日

19340812 致母亲

母亲大人膝下,敬禀者,六日的信,已收到。给海婴的信,也读给他听了,他非常高兴。他的照片,想必现在已经寄到,其实他平常是没有照片上那样的老实的。今年我们本想在夏初来看母亲,后来因为男走不开,广平又不愿男独自留在上海,牵牵扯扯,只好中止了。但将来我们总想找机会北上一次。

老三是好的,但他公司里的办公时间太长,所以颇吃力。所得的薪水,好像每月也被八道湾逼去一大半,而上海物价,每月只是贵起来,因此生活也颇窘的。不过这些事他决不肯对别人说,只有他自己知道。男现只每星期六请他吃饭并代付两个孩子的学费,此外什么都不帮,因为横竖他去献给八道湾,何苦来呢？八道湾是永远填不满的。钦文出来了,见过两回,他说以后大约没有事了。

余容续禀,恭请

金安。

  男树　叩上。广平及海婴同叩　八月十二日

19340821 致母亲

母亲大人膝下敬禀者,十五日来信,前日收到。张恨水们的小说,已托人去买去了,大约不出一礼拜之内,当可由书局直接寄上。

海婴的痢疾,长久不发,看来是断根了;不过容易伤风,但也是小毛病,数日即愈。今年大热,孩子大抵生病或生疮,他却只伤风了一回,此外都很好,所以,他是没有什么病的。

但他大约总不会胖起来。他每天约七点钟起身,不肯睡午觉,直至夜八点钟,就没有静一静的时候。要吃东西,要买玩具,闹个不休。客来他要陪(其实是来吃东西的),小事也要管,怎么还会胖呢。他只怕男一个人,不过在楼下闹,也仍使男不能安心看书,真是没有法子想。

上海近来又热起来,每天总在九十度以上,夜间较凉,可以安睡。男及广平均好,三弟亦好,大约每礼拜可以见一回,并希勿念为要。

专此布复,敬请

金安。

　　　　男树　叩上　广平海婴同叩　八月二十一日

19340831 致母亲

母亲大人膝下,敬禀者,八月廿三及廿八日两信,均已收到。海婴这人,其实平常总是很顽皮的,这回照相,却显得很老实。现在已去添晒,下星期内可寄出,到时请转交。

小说已于前日买好,即托书店寄出,计程瞻庐作的二种,张恨水作的三种,想现在当已早到了。

何小姐确是男的学生,与害马同班,男在家时,她曾来过两三回,所以 母亲觉得面熟。如果到上海来,我们是可以看见的,当向她道谢。

近几天,上海时常下雨,所以颇为凉爽了,不过于旱灾已经无可补救,江浙乡下,确有抢米的事情。上海平安,惟米价已贵至每石十二元六角。男及害马海婴均安好,请勿念。

专此布达,恭请

金安。

　　男树　叩上　广平及海婴同叩　八月三十一日

19350717 致母亲

母亲大人膝下敬禀者,七月六日及十日(紫佩代写)两信,均已收到。北平匪警,阅上海报,知有一弹落京畿道,此地离我家不远,幸未爆炸,否则虽决不至于波及,然必闻其声矣。次日即平,大人亦未受惊,闻之甚慰。

上海刚刚出梅,即连日大热,今日正午,室中竟至九十五度,街上当在百度以上,寓中均安,但大家都生痱子而已,请勿念。

男仍安好,但因颇忙,故亦难得工夫休息,此乃靠笔墨为生者必然之情形,亦无法可想。害马则自从到上海以来,未曾生过病,可谓能干也。

海婴亦健,他每到夏天,大抵壮健的,虽然终日遍身流汗,仍然嬉戏不停。现每日上午,令裸体晒太阳约一点钟,余则任其自由玩耍。近来想买脚踏车,未曾买给;不肯认字,今秋或当令入学校,亦未可知,至九月底即满六岁,在家颇吵闹也。

老三亦好,并希勿念。十日信也已给他看过了。

专此布达,恭请

金安。

    男树　叩上　广平海婴同叩　七月十七日

19351115 致母亲

母亲大人膝下,敬禀者,十一月十一日来信,顷已收到,前回的一封,也早收到了。牙痛近来不知如何?倘常痛,恐怕只好拔去,不过假牙无法可装,却很不便,只能专吃很软的食物了。

海婴很好,每天上幼稚园去,不大赖学了。他比夏天胖了一点,虽然还要算瘦,却很长,刚满六岁,别人都猜他是八九岁,他是细长的手和脚,像他母亲的。今年总在吃鱼肝油,没有间断过。

他什么事情都想模仿我,用我来做比,只有衣服不肯学我的随便,爱漂亮,要穿洋服了。

近来此地颇多谣言,纷纷迁避,其实大抵是无根之谈,所以我们仍旧不动,也极平安,务请勿念。也常有关于北平和天津的谣言,关切的朋友,至于半夜敲门来通报,到第二天一打听,才知道也是误传的。

害马及男都好的,亦请勿念。

专此布复,敬请

金安。

　　男树　叩上　广平及海婴同叩　十一月十五日

19360201 致母亲

母亲大人膝下,敬禀者,一月二十七日来信,昨已收到。关于房屋,已函托紫佩了,但至今未有回信,不知何故。昨天寄去十元,算是做他五十岁的寿礼,男出外的时候多,事情都不大清楚了,先前还以为紫佩不过四十上下呢。就是善先,在心目中总只记得他是一个十一二岁的小孩子,像七年前男回家时所见的样子,然而已经十八岁了,这真无怪男的头发要花白了。一切朋友和同学,孩子都已二十岁上下,海婴每一看见,知道他是男的朋友的儿子,便奇怪的问道:他为什么会这样大呢?

今天寄出书三本,是送与善先的,收到后请转交。但不知邮寄书籍,是由邮差送到,还是自己去取,有无不便之处,请便中示知。倘有不便,当另设法。

上海并不甚冷,只下过一回微雪,当夜消化了,现已正月底,大约不会再下。男及害马均好,海婴亦好,整日在家里闯祸,不是嚷吵,就是敲破东西,幸而再一礼拜,幼稚园也要开学了,要不然,真是不得了。

专此布达,恭请

金安。

男树　叩上　广平海婴同叩　二月一日

19360903 致母亲

母亲大人膝下,敬禀者,八月三十日信收到。男确是吐了几十口血,但不过是痰中带血,不到一天,就由医生用药止住了。男所生的病,报上虽说是神经衰弱,其实不是,而是肺病,且已经生了二三十年,被八道湾赶出后的一回,和章士钊闹后的一回,躺倒过的,就都是这病,但那时年富力强,不久医好了。男自己也不喜欢多讲,令人担心,所以很少人知道。初到上海后,也发过一回,今年是第四回,大约因为年纪大了之故罢,一直医了三个月,还没有能够停药,因此也未能离开医生,所以今年不能到别处去休养了。

肺病是不会断根的病,全愈是不能的,但四十以上人,却无性命危险,况且一发即医,不要紧的,请放心为要。

马理已考过,取否尚未可知。她还是孩子脾气,看得上海很新鲜。但据男看来,她的先生(北平教过的)和朋友都颇滑,恐怕未必能给她帮助,到紧要时,都托故溜开了。

害马胃已医好。海婴亦好,仍上大陆小学。

专此布复,恭请

金安。

    男树 叩上 广平海婴同叩 九月三夜。

19210713 致周作人

二弟览：Karásek 的《斯拉夫文学史》，将寠罗泼泥子街收入诗人中，竟于小说全不提起，现在直译寄上，可修改酌用之，末尾说到"物语"，大约便包括小说在内者乎？这所谓"物语"，原是 Erzählŭng，不能译作小说，其意思只是"说话""说说谈谈"，我想译作"叙述"，或"叙事"，似较好也。精神（Geist）似可译作"人物"。

《时事新报》有某君（忘其名）一文，大骂自然主义而欣幸中国已有象征主义作品之发生。然而他之所谓象征作品者，曰冰心女士的《超人》，《月光》，叶圣陶的《低能儿》，许地山的《命命鸟》之类，这真教人不知所云，痛杀我辈者也。我本也想抗议，既而思之则"何必"，所以大约作罢耳。

大学编译处由我以信并印花送去,而彼但批云"不代转"云云,并不开封,看我如何的说,殊为不屈。我想直接寄究不妥。不妨暂时阁起,待后再说,因为以前之印花税亦未取,何必为"商贾"忙碌乎。然而"商贾"追索,大约仍向该处,该处倘再有信来,则我当大骂之耳。

我想汪公之诗,汝可略一动笔,由我寄还,以了一件事。由世界语译之波兰小说四篇,是否我收全而看过,便寄雁冰乎?信并什曼斯キ小说已收到,与德文本略一校,则三种互有增损,而德译与世界语译相同之处较多,则某姑娘之不甚可靠确矣。德译者S. Lopuszánski,名字如此难拼,为作者之同乡无疑,其对于原语必不至于误解也。惜该书无序,所以关于作者之事,只在《斯拉夫文学史》中有五六行,稍缓译寄。来信有做体操之说,而我当时未闻,故以电话问之,得长井答云:先生未言做伸籠伸开之体操,只须每日早昼晚散步三次(我想昼太热,两次也好了),而散步之程度,逐渐加深,而以不ツカレル为度。又每日早晨,须行深呼吸,不限次数,以不ツカレル为度,此很要紧。至于对面有疑似肺病之人,则于此间无妨,但若神经ノセイ,觉得可厌,则不近其窗下可也(此节我并不问,系彼自言)云云。汝之所谓体操,未知是否即长井之所谓深呼吸耶,写出备考。

树　　上　　十三夜

19210716 致周作人

二弟览:《犹太人》略抄好了,今带上,只不过带上,你大约无拜读之必要,可以原车带回的。作者的事实,只有《斯拉夫文学史》中的几行(且无诞生年代),别纸抄上;其小说集中无序。

这篇跋语,我想只能由你出名去做了。因为如此三四校,老三似乎尚无此大作为。请你校世界语译,是狠近理的。请我校德译,未免太巧。如你出名,则可云用信托我,我造了一段假回信,录在别纸,或录入或摘用就好了。

德译虽亦有删略,然比英世本似精神得多,至于英世不同的句子,德亦往往不与英世同,而较为易解,大约该一句原文本不易懂,而某女士与巴博士因各以意为之也。

树　上　七月十六日夜
抄跋之格子和白纸附上。

19210731 致周作人

二弟览：

今日得信并译稿一篇。孙公因家有电报来云母病，昨天回去了；据云多则半月便来北京。他虽云稿可以照常寄，但我想不如俟他来后再寄罢。

好在《晨报》之款并不急，前回雉鸡烧烤费，也已经花去，现在我辈文章既可卖钱，则赋还之机会多多也矣。

潘公的《风雨之下》实在不好，而尤在阿塞之开通，已为改去不少，俟孙公来京后交与，请以"情面"登之。《小说月报》拟稍迟寄与，因季黻要借看也。

关于哀禾者，《或外小说集》附录如次：

哀禾本名勃罗佛尔德（Brofeldt），一八六一年生于列塞尔密（Lisalmi，芬兰的内地），今尚存，为芬兰近代文人之冠。一八一九［九一？］年游法国，归而作《孤独》一卷，为写实派大著，又《木片集》一卷，皆小品。

关于这文的议论，容日内译上，因为须翻字典，而现在我项尚硬也。

土步已好，大约日内可以退院了。

《小说月报》也无甚好东西。百里的译文，短如羊尾，何其徒占一名也。

此间日日大雨，想山中亦然。其实北京夏天，本应如此，但前两年却少雨耳。

      树　上　七月卅一日

 寄上《文艺复兴史》，《东方》各一本；又红毛书三本。

辑二

范爱农

在东京的客店里,我们大抵一起来就看报。学生所看的多是《朝日新闻》和《读卖新闻》,专爱打听社会上琐事的就看《二六新闻》。一天早晨,辟头就看见一条从中国来的电报,大概是:

"安徽巡抚恩铭被 Jo Shiki Rin 刺杀,刺客就擒。"

大家一怔之后,便容光焕发地互相告语,并且研究这刺客是谁,汉字是怎样三个字。但只要是绍兴人,又不专看教科书的,却早已明白了。这是徐锡麟,他留学回国之后,在做安徽候补道,办着巡警事务,正合于刺杀巡抚的地位。

大家接着就预测他将被极刑,家族将被连累。不久,秋瑾姑娘在绍兴被杀的消息也传来了,徐锡麟是被挖了心,给恩铭的亲兵炒食净尽。人心很愤怒。有几个人便秘密地开一个会,筹集川资;这时用得着日本浪人了,撕乌贼鱼下酒,慷慨一通之后,他便登程去接徐伯荪的家属去。

照例还有一个同乡会,吊烈士,骂满洲;此后便有人主张打电报到北京,痛斥满政府的无人道。会众即刻分成两派:一派要发电,一派不要发。我是主张发电的,但当我说出之后,即有一种钝滞的声音跟着起来:

"杀的杀掉了,死的死掉了,还发什么屁电报呢。"

这是一个高大身材,长头发,眼球白多黑少的人,看人总像在渺视。他蹲在席子上,我发言大抵就反对;我早觉得奇怪,注意着他的了,到这时才打听别人:说这话的是谁呢,有那么冷?认识的人告诉我说:他叫范爱农,是徐伯荪的学生。

我非常愤怒了,觉得他简直不是人,自己的先生被杀了,连打一个电报还害怕,于是便坚执地主张要发电,同他争起来。结果是主张发电的居多数,他屈服了。其次要推出人来拟电稿。

"何必推举呢?自然是主张发电的人啰～～。"他说。

我觉得他的话又在针对我,无理倒也并非无理的。但我便主张这一篇悲壮的文章必须深知烈士生平的人做,因为他比别人关系更密切,心里更悲愤,做出来就一定更动人。于是又争起来。结果是他不做,我也不做,不知谁承认做去了;其次是大家走散,只留下一个拟稿的和一两个干事,等候做好之后去拍发。

从此我总觉得这范爱农离奇,而且很可恶。天下可恶的人,当初以为是满人,这时才知道还在其次;第一倒是范爱农。中国不革命则已,要革命,首先就必须将范爱农除去。

然而这意见后来似乎逐渐淡薄,到底忘却了,我们从此也没有再见面。直到革命的前一年,我在故乡做教员,大概是春末时候罢,忽然在熟人的客座上看见了一个人,互相熟视了不过两三秒钟,我们便同时说:

"哦哦,你是范爱农!"

"哦哦,你是鲁迅!"

不知怎地我们便都笑了起来,是互相的嘲笑和悲哀。他眼睛还是那样,然而奇怪,只这几年,头上却有了白发了,但也许本来就有,我先前没有留心到。他穿着很旧的布马褂,破布鞋,显得很寒素。谈起自己的经历来,他说他后来没有了学费,不能再留学,便回来了。回到故乡之后,又受着轻蔑,排斥,迫害,几乎无地可容。现在是躲在乡下,教着几个小学生糊口。但因为有时觉得很气闷,所以也趁了航船进城来。

他又告诉我现在爱喝酒,于是我们便喝酒。从此他每一进城,必定来访我,非常相熟了。我们醉后常谈些愚不可及的疯话,连母亲偶然听到了也发笑。一天我忽而记起在东京开同乡会时的旧事,便问他:

"那一天你专门反对我,而且故意似的,究竟是什么缘故呢?"

"你还不知道?我一向就讨厌你的,——不但我,我们。"

"你那时之前,早知道我是谁么?"

"怎么不知道。我们到横滨,来接的不就是子英和你么?你看不起我们,摇摇头,你自己还记得么?"

我略略一想,记得的,虽然是七八年前的事。那时是子英来约我的,说到横滨去接新来留学的同乡。汽船一到,看见一大堆,大概一共有十多人,一上岸便将行李放到税关上去候查检,关吏在衣箱中翻来翻去，忽然翻出一双绣花的弓鞋来，便放下公事，拿着子细地看。我很不满，心里想，这些鸟男人，怎么带这东西来呢。自己不注意，那时也许就摇了摇头。检验完毕，在客店小坐之后，即须上火车。不料这一群读书人又在客车上让起坐位来了，甲要乙坐在这位上，乙要丙去坐，揖让未终，火车已开，车身一摇，即刻跌倒了三四个。我那时也很不满，暗地里想：连火车上的坐位，他们也要分出尊卑来……。自己不注意，也许又摇了摇头。然而那群雍容揖让的人物中就有范爱农，却直到这一天才想到。岂但他呢，说起来也惭愧，这一群里，还有后来在安徽战死的陈伯平烈士，被害的马宗汉烈士；被囚在黑狱里，到革命后才见天日而身上永带着匪刑的伤痕的也还有一两人。而我都茫无所知，摇着头将他们一并运上东京了。徐伯荪虽然和他们同船来，却不在这车上，因为他在神户就和他的夫人坐车走了陆路了。

　　我想我那时摇头大约有两回，他们看见的不知道是那一回。让坐时喧闹，检查时幽静，一定是在税关上的那一回了，试问爱农，果然是的。

　　"我真不懂你们带这东西做什么？是谁的？"

"还不是我们师母的?"他瞪着他多白的眼。

"到东京就要假装大脚,又何必带这东西呢?"

"谁知道呢?你问她去。"

到冬初,我们的景况更拮据了,然而还喝酒,讲笑话。忽然是武昌起义,接着是绍兴光复。第二天爱农就上城来,戴着农夫常用的毡帽,那笑容是从来没有见过的。

"老迅,我们今天不喝酒了。我要去看看光复的绍兴。我们同去。"

我们便到街上去走了一通,满眼是白旗。然而貌虽如此,内骨子是依旧的,因为还是几个旧乡绅所组织的军政府,什么铁路股东是行政司长,钱店掌柜是军械司长……。这军政府也到底不长久,几个少年一嚷,王金发带兵从杭州进来了,但即使不嚷或者也会来。他进来以后,也就被许多闲汉和新进的革命党所包围,大做王都督。在衙门里的人物,穿布衣来的,不上十天也大概换上皮袍子了,天气还并不冷。

我被摆在师范学校校长的饭碗旁边,王都督给了我校款二百元。爱农做监学,还是那件布袍子,但不大喝酒了,也很少有工夫谈闲天。他办事,兼教书,实在勤快得可以。

"情形还是不行,王金发他们。"一个去年听过我的讲义的少年来访问我,慷慨地说,"我们要办一种报来监督他们。不过发起人要借用先生的名字。还有一个是子英先生,一个是德清先生。为社会,我们知道你决不推却的。"

我答应他了。两天后便看见出报的传单,发起人诚然是三个。五天后便见报,开首便骂军政府和那里面的人员;此后是骂都督,都督的亲戚,同乡,姨太太……。

这样地骂了十多天,就有一种消息传到我的家里来,说都督因为你们诈取了他的钱,还骂他,要派人用手枪来打死你们了。

别人倒还不打紧,第一个着急的是我的母亲,叮嘱我不要再出去。但我还是照常走,并且说明,王金发是不来打死我们的,他虽然绿林大学出身,而杀人却不很轻易。况且我拿的是校款,这一点他还能明白的,不过说说罢了。

果然没有来杀。写信去要经费,又取了二百元。但仿佛有些怒意,同时传令道:再来要,没有了!

不过爱农得到了一种新消息,却使我很为难。原来所谓"诈取"者,并非指学校经费而言,是指另有送给报馆的一笔款。报纸上骂了几天之后,王金发便叫人送去了五百元。于是乎我们的少年们便开起会议来,第一个问题是:收不收?决议曰:收。第二个问题是:收了之后骂不骂?决议曰:骂。理由是:收钱之后,他是股东;股东不好,自然要骂。

我即刻到报馆去问这事的真假。都是真的。略说了几句不该收他钱的话,一个名为会计的便不高兴了,质问我道:

"报馆为什么不收股本?"

"这不是股本……。"

"不是股本是什么?"

我就不再说下去了,这一点世故是早已知道的,倘我再说出连累我们的话来,他就会面斥我太爱惜不值钱的生命,不肯为社会牺牲,或者明天在报上就可以看见我怎样怕死发抖的记载。

然而事情很凑巧,季茀写信来催我往南京了。爱农也很赞成,但颇凄凉,说:

"这里又是那样,住不得。你快去罢……。"

我懂得他无声的话,决计往南京。先到都督府去辞职,自然照准,派来了一个拖鼻涕的接收员,我交出账目和余款一角又两铜元,不是校长了。后任是孔教会会长傅力臣。

报馆案是我到南京后两三个星期了结的,被一群兵们捣毁。子英在乡下,没有事;德清适值在城里,大腿上被刺了一尖刀。他大怒了。自然,这是很有些痛的,怪他不得。他大怒之后,脱下衣服,照了一张照片,以显示一寸来宽的刀伤,并且做一篇文章叙述情形,向各处分送,宣传军政府的横暴。我想,这种照片现在是大约未必还有人收藏着了,尺寸太小,刀伤缩小到几乎等于无,如果不加说明,看见的人一定以为是带些疯气的风流人物的裸体照片,倘遇见孙传芳大帅,还怕要被禁止的。

我从南京移到北京的时候,爱农的学监也被孔教会会长的校长设法去掉了。他又成了革命前的爱农。我想为他在北京寻一点小事做,这是他非常希望的,然而没有机会。他后来便到一个熟人的家里去寄食,也时时给我信,景况愈困穷,言辞也愈凄苦。终于又非走出这熟人的家不可,便在各处飘浮。不久,忽然从同乡那里得到一个消息,说他已经掉在水里,淹死了。

我疑心他是自杀。因为他是浮水的好手,不容易淹死的。

夜间独坐在会馆里,十分悲凉,又疑心这消息并不确,但无端又觉得这是极其可靠的,虽然并无证据。一点法子都没有,只做了四首诗,后来曾在一种日报上发表,现在是将要忘记完了。只记得一首里的六句,起首四句是:"把酒论天下,先生小酒人。大圜犹酩酊,微醉合沉沦。"中间忘掉两句,末了是"旧朋云散尽,余亦等轻尘。"

后来我回故乡去,才知道一些较为详细的事。爱农先是什么事也没得做,因为大家讨厌他。他很困难,但还喝酒,是朋友请他的。他已经很少和人们来往,常见的只剩下几个后来认识的较为年青的人了,然而他们似乎也不愿意多听他的牢骚,以为不如讲笑话有趣。

"也许明天就收到一个电报,拆开来一看,是鲁迅来叫我的。"他时常这样说。

一天,几个新的朋友约他坐船去看戏,回来已过夜半,又是大风雨,他醉着,却偏要到船舷上去小解。大家劝阻他,也不听,自己说是不会掉下去的。但他掉下去了,虽然能浮水,却从此不起来。

第二天打捞尸体,是在菱荡里找到的,直立着。

我至今不明白他究竟是失足还是自杀。

他死后一无所有,遗下一个幼女和他的夫人。有几个人想集一点钱作他女孩将来的学费的基金,因为一经提议,即有族人来争这笔款的保管权,——其实还没有这笔款,——大家觉得无聊,便无形消散了。

现在不知他唯一的女儿景况如何?倘在上学,中学已该毕业了罢。

十一月十八日。

关于太炎先生二三事

前一些时，上海的官绅为太炎先生开追悼会，赴会者不满百人，遂在寂寞中闭幕，于是有人慨叹，以为青年们对于本国的学者，竟不如对于外国的高尔基的热诚。这慨叹其实是不得当的。官绅集会，一向为小民所不敢到；况且高尔基是战斗的作家，太炎先生虽先前也以革命家现身，后来却退居为宁静的学者，用自己所手造的和别人所帮造的墙，和时代隔绝了。纪念者自然有人，但也许将为大多数所忘却。

我以为先生的业绩，留在革命史上的，实在比在学术史上还要大。回忆三十余年之前，木板的《訄书》已经出版了，我读不断，当然也看不懂，恐怕那时的青年，这样的多得很。我的知道中国有太炎先生，并非因为他的经学和小学，是为了他驳斥康有为和作邹容的《革命军》序,竟被监禁于上海的西牢。那时留学日本的浙籍学生,正办杂志《浙江潮》,其中即载有先生狱中所作诗,却并不难懂。这使我感动,也至今并没有忘记,现在抄两首在下面——

狱中赠邹容

邹容吾小弟,被发下瀛洲。快剪刀除辫,干牛肉作餱。英雄一入狱,天地亦悲秋。临命须掺手,乾坤只两头。

狱中闻沈禹希见杀

不见沈生久,江湖知隐沦,萧萧悲壮士,今在易京门。螭鬽羞争焰,文章总断魂。中阴当待我,南北几新坟。

一九〇六年六月出狱,即日东渡,到了东京,不久就主持《民报》。我爱看这《民报》,但并非为了先生的文笔古奥,索解为难,或说佛法,谈"俱分进化",是为了他和主张保皇的梁启超斗争,和"××"的×××斗争,和"以《红楼梦》为成佛之要道"的×××斗争,真是所向披靡,令人神旺。前去听讲也在这时候,但又并非因为他是学者,却为了他是有学问的革命家,所以直到现在,先生的音容笑貌,还在目前,而所讲的《说文解字》,却一句也不记得了。

民国元年革命后,先生的所志已达,该可以大有作为了,然而还是不得志。这也是和高尔基的生受崇敬,死备哀荣,截然两样的。我以为两人遭遇的所以不同,其原因乃在高尔基先前的理想,后来都成为事实,他的一身,就是大众的一体,喜怒哀乐,无不相通;而先生则排满之志虽伸,但视为最紧要的"第一是用宗教发起信心,增进国民的道德;第二是用国粹激动种性,增进爱国的热肠"(见《民报》第六本),却仅止于高妙的幻想;不久而袁世凯又攘夺国柄,以遂私图,就更使先生失却实地,仅垂空文,至于今,惟我们的"中华民国"之称,尚系发源于先生的《中华民国解》(最先亦见《民报》),为巨大的记念而已,然而知道这一重公案者,恐怕也已经不多了。既离民众,渐入颓唐,后来的参与投壶,接收馈赠,遂每为论者所不满,但这也不过白圭之玷,并非晚节不终。考其生平,以大勋章作扇坠,临总统府之门,大诟袁世凯的包藏祸心者,并世无第二人;七被追捕,三入牢狱,而革命之志,终不屈挠者，并世亦无第二人：这才是先哲的精神，后生的楷范。近有文侩，勾结小报，竟也作文奚落先生以自鸣得意，真可谓"小人不欲成人之美"，而且"蚍蜉撼大树，可笑不自量"了！

但革命之后，先生亦渐为昭示后世计，自藏其锋芒。浙江所刻的《章氏丛书》，是出于手定的，大约以为驳难攻讦，至于忿詈，有违古之儒风，足以贻讥多士的罢，先前的见于期刊的斗争的文章，竟多被刊落，上文所引的诗两首，亦不见于《诗录》中。一九三三年刻《章氏丛书续编》于北平，所收不多，而更纯谨，且不取旧作，当然也无斗争之作，先生遂身衣学术的华衮，粹然成为儒宗，执贽愿为弟子者綦众，至于仓皇制《同门录》成册。近阅日报，有保护版权的广告，有三续丛书的记事，可见又将有遗著出版了，但补入先前战斗的文章与否，却无从知道。战斗的文章，乃是先生一生中最大，最久的业绩，假使未备，我以为是应该一一辑录，校印，使先生和后生相印，活在战斗者的心中的。然而此时此际，恐怕也未必能如所望罢，呜呼！

十月九日。

忆刘半农君

这是小峰出给我的一个题目。

这题目并不出得过分。半农去世,我是应该哀悼的,因为他也是我的老朋友。但是,这是十来年前的话了,现在呢,可难说得很。

我已经忘记了怎么和他初次会面,以及他怎么能到了北京。他到北京,恐怕是在《新青年》投稿之后,由蔡孑民先生或陈独秀先生去请来的,到了之后,当然更是《新青年》里的一个战士。他活泼,勇敢,很打了几次大仗。譬如罢,答王敬轩的双鐄信,"她"字和"牠"字的创造,就都是的。这两件,现在看起来,自然是琐屑得很,但那是十多年前,单是提倡新式标点,就会有一大群人"若丧考妣",恨不得"食肉寝皮"的时候,所以的确是"大仗"。现在的二十左右的青年,大约很少有人知道三十年前,单是剪下辫子就会坐牢或杀头的了。然而这曾经是事实。

但半农的活泼,有时颇近于草率,勇敢也有失之无谋的地方。但是,要商量袭击敌人的时候,他还是好伙伴,进行之际,心口并不相应,或者暗暗的给你一刀,他是决不会的。倘若失了算,那是因为没有算好的缘故。

《新青年》每出一期,就开一次编辑会,商定下一期的稿件。其时最惹我注意的是陈独秀和胡适之。假如将韬略比作一间仓库罢,独秀先生的是外面竖一面大旗,大书道:"内皆武器,来者小心!"但那门却开着的,里面有几枝枪,几把刀,一目了然,用不着提防。适之先生的是紧紧的关着门,门上粘一条小纸条道:"内无武器,请勿疑虑。"这自然可以是真的,但有些人——至少是我这样的人——有时总不免要侧着头想一想。半农却是令人不觉其有"武库"的一个人,所以我佩服陈胡,却亲近半农。

所谓亲近,不过是多谈闲天,一多谈,就露出了缺点。几乎有一年多,他没有消失掉从上海带来的才子必有"红袖添香夜读书"的艳福的思想,好容易才给我们骂掉了。但他好像到处都这么的乱说,使有些"学者"皱眉。有时候,连到《新青年》投稿都被排斥。他很勇于写稿,但试去看旧报去,很有几期是没有他的。那些人们批评他的为人,是:浅。

不错,半农确是浅。但他的浅,却如一条清溪,澄澈见底,纵有多少沉渣和腐草,也不掩其大体的清。倘使装的是烂泥,一时就看不出它的深浅来了;如果是烂泥的深渊呢,那就更不如浅一点的好。

但这些背后的批评,大约是很伤了半农的心的,他的到法国留学,我疑心大半就为此。我最懒于通信,从此我们就疏远起来了。他回来时,我才知道他在外国钞古书,后来也要标点《何典》,我那时还以老朋友自居,在序文上说了几句老实话,事后,才知道半农颇不高兴了,"驷不及舌",也没有法子。另外还有一回关于《语丝》的彼此心照的不快活。五六年前,曾在上海的宴会上见过一回面,那时候,我们几乎已经无话可谈了。

近几年,半农渐渐的据了要津,我也渐渐的更将他忘却;但从报章上看见他禁称"蜜斯"之类,却很起了反感:我以为这些事情是不必半农来做的。从去年来，又看见他不断的做打油诗，弄烂古文，回想先前的交情，也往往不免长叹。我想，假如见面，而我还以老朋友自居，不给一个"今天天气……哈哈哈"完事，那就也许会弄到冲突的罢。

不过，半农的忠厚，是还使我感动的。我前年曾到北平，后来有人通知我，半农是要来看我的，有谁恐吓了他一下，不敢来了。这使我很惭愧，因为我到北平后，实在未曾有过访问半农的心思。

现在他死去了，我对于他的感情，和他生时也并无变化。我爱十年前的半农，而憎恶他的近几年。这憎恶是朋友的憎恶，因为我希望他常是十年前的半农，他的为战士，即使"浅"罢，却于中国更为有益。我愿以愤火照出他的战绩，免使一群陷沙鬼将他先前的光荣和死尸一同拖入烂泥的深渊。

　　　　　　　　　　　　　　八月一日。

忆韦素园君

　　我也还有记忆的,但是,零落得很。我自己觉得我的记忆好像被刀刮过了的鱼鳞,有些还留在身体上,有些是掉在水里了,将水一搅,有几片还会翻腾,闪烁,然而中间混着血丝,连我自己也怕得因此污了赏鉴家的眼目。

　　现在有几个朋友要纪念韦素园君,我也须说几句话。是的,我是有这义务的。我只好连身外的水也搅一下,看看泛起怎样的东西来。

　　怕是十多年之前了罢,我在北京大学做讲师,有一天,在教师豫备室里遇见了一个头发和胡子统统长得要命的青年,这就是李霁野。我的认识素园,大约就是霁野介绍的罢,然而我忘记了那时的情景。现在留在记忆里的,是他已经坐在客店的一间小房子里计画出版了。

这一间小房子,就是未名社。

那时我正在编印两种小丛书,一种是《乌合丛书》,专收创作,一种是《未名丛刊》,专收翻译,都由北新书局出版。出版者和读者的不喜欢翻译书,那时和现在也并不两样,所以《未名丛刊》是特别冷落的。恰巧,素园他们愿意绍介外国文学到中国来,便和李小峰商量,要将《未名丛刊》移出,由几个同人自办。小峰一口答应了,于是这一种丛书便和北新书局脱离。稿子是我们自己的,另筹了一笔印费,就算开始。因这丛书的名目,连社名也就叫了"未名"——但并非"没有名目"的意思,是"还没有名目"的意思,恰如孩子的"还未成丁"似的。

未名社的同人,实在并没有什么雄心和大志,但是,愿意切切实实的,点点滴滴的做下去的意志,却是大家一致的。而其中的骨干就是素园。

于是他坐在一间破小屋子,就是未名社里办事了，不过小半好像也因为他生着病，不能上学校去读书，因此便天然的轮着他守寨。

　　我最初的记忆是在这破寨里看见了素园，一个瘦小，精明，正经的青年，窗前的几排破旧外国书，在证明他穷着也还是钉住着文学。然而，我同时又有了一种坏印象，觉得和他是很难交往的，因为他笑影少。"笑影少"原是未名社同人的一种特色，不过素园显得最分明，一下子就能够令人感得。但到后来，我知道我的判断是错误了，和他也并不难于交往。他的不很笑，大约是因为年龄的不同，对我的一种特别态度罢，可惜我不能化为青年，使大家忘掉彼我，得到确证了。这真相，我想，霁野他们是知道的。

　　但待到我明白了我的误解之后，却同时又发现了一个他的致命伤：他太认真；虽然似乎沉静，然而他激烈。认真会是人的致命伤的么？至少，在那时以至现在，可以是的。一认真，便容易趋于激烈，发扬则送掉自己的命，沉静着，又啮碎了自己的心。

　　这里有一点小例子。——我们是只有小例子的。
　　那时候，因为段祺瑞总理和他的帮闲们的迫压，我已经逃到厦门,但北京的狐虎之威还正是无穷无尽。段派的女子师范大学校长林素园,带兵接收学校去了,演过全副武行之后,还指留着的几个教员为"共产党"。这个名词,一向就给有些人以"办事"上的便利,而且这方法,也是一种老谱,本来并不希罕的。但素园却好像激烈起来了,从此以后,他给我的信上,有好一晌竟憎恶"素园"两字而不用,改称为"漱园"。同时社内也发生了冲突,高长虹从上海寄信来,说素园压下了向培良的稿子,叫我讲一句话。我一声也不响。于是在《狂飙》上骂起来了,先骂素园,后是我。素园在北京压下了培良的稿子,却由上海的高长虹来抱不平,要在厦门的我去下判断,我颇觉得是出色的滑稽,而且一个团体,虽是小小的文学团体罢,每当光景艰难时,内部是一定有人起来捣乱的,这也并不希罕。然而素园却很认真,他不但写信给我,叙述着详情,还作文登在杂志上剖白。在"天才"们的法庭上,别人剖白得清楚的么?——我不禁长长的叹了一口气,想到他只是一个文人,又生着病,却这么拼命的对付着内忧外患,又怎么能够持久呢。自然,这仅仅是小忧患,但在认真而激烈的个人,却也相当的大的。

不久，未名社就被封，几个人还被捕。也许素园已经咯血，进了病院了罢，他不在内。但后来，被捕的释放，未名社也启封了，忽封忽启，忽捕忽放，我至今还不明白这是怎么的一个玩意。

我到广州，是第二年——一九二七年的秋初，仍旧陆续的接到他几封信，是在西山病院里，伏在枕头上写就的，因为医生不允许他起坐。他措辞更明显，思想也更清楚，更广大了，但也更使我担心他的病。有一天，我忽然接到一本书，是布面装订的素园翻译的《外套》。我一看明白，就打了一个寒噤：这明明是他送给我的一个纪念品，莫非他已经自觉了生命的期限了么？

我不忍再翻阅这一本书，然而我没有法。

我因此记起，素园的一个好朋友也咯过血，一天竟对着素园咯起来，他慌张失措，用了爱和忧急的声音命令道："你不许再吐了！"我那时却记起了伊孚生的《勃兰特》。他不是命令过去的人，从新起来，却并无这神力，只将自己埋在崩雪下面的么？……

我在空中看见了勃兰特和素园，但是我没有话。

一九二九年五月末，我最以为侥幸的是自己到西山病院去,和素园谈了天。他为了日光浴,皮肤被晒得很黑了,精神却并不萎顿。我们和几个朋友都很高兴。但我在高兴中,又时时夹着悲哀:忽而想到他的爱人,已由他同意之后,和别人订了婚;忽而想到他竟连绍介外国文学给中国的一点志愿,也怕难于达到;忽而想到他在这里静卧着,不知道他自以为是在等候全愈,还是等候灭亡;忽而想到他为什么要寄给我一本精装的《外套》?……

壁上还有一幅陀思妥也夫斯基的大画像。对于这先生,我是尊敬,佩服的,但我又恨他残酷到了冷静的文章。他布置了精神上的苦刑,一个个拉了不幸的人来,拷问给我们看。现在他用沉郁的眼光,凝视着素园和他的卧榻,好像在告诉我:这也是可以收在作品里的不幸的人。

自然,这不过是小不幸,但在素园个人,是相当的大的。

一九三二年八月一日晨五时半,素园终于病殁在北平同仁医院里了,一切计画,一切希望,也同归于尽。我所抱憾的是因为避祸,烧去了他的信札,我只能将一本《外套》当作唯一的纪念,永远放在自己的身边。

自素园病殁之后,转眼已是两年了,这其间,对于他,文坛上并没有人开口。这也不能算是希罕的,他既非天才,也非豪杰,活的时候,既不过在默默中生存,死了之后,当然也只好在默默中泯没。但对于我们,却是值得记念的青年,因为他在默默中支持了未名社。

未名社现在是几乎消灭了,那存在期,也并不长久。然而自素园经营以来,绍介了果戈理(N. Gogol),陀思妥也夫斯基(F. Dostoevsky),安特列夫(L. Andreev),绍介了望·蔼覃(F. van Eeden),绍介了爱伦堡(I. Ehrenburg)的《烟袋》和拉夫列涅夫(B. Lavrenev)的《四十一》。还印行了《未名新集》,其中有丛芜的《君山》,静农的《地之子》和《建塔者》,我的《朝华夕拾》,在那时候,也都还算是相当可看的作品。事实不为轻薄阴险小儿留情,曾几何年,他们就都已烟消火灭,然而未名社的译作,在文苑里却至今没有枯死的。

是的,但素园却并非天才,也非豪杰,当然更不是高楼的尖顶,或名园的美花,然而他是楼下的一块石材，园中的一撮泥土，在中国第一要他多。他不入于观赏者的眼中，只有建筑者和栽植者，决不会将他置之度外。

文人的遭殃，不在生前的被攻击和被冷落，一瞑之后，言行两亡，于是无聊之徒，谬托知己，是非蜂起，既以自衒，又以卖钱，连死尸也成了他们的沽名获利之具，这倒是值得悲哀的。现在我以这几千字纪念我所熟识的素园，但愿还没有营私肥己的处所，此外也别无话说了。

我不知道以后是否还有记念的时候，倘止于这一次，那么，素园，从此别了！

一九三四年七月十六之夜，鲁迅记。

记念刘和珍君

一

中华民国十五年三月二十五日,就是国立北京女子师范大学为十八日在段祺瑞执政府前遇害的刘和珍杨德群两君开追悼会的那一天,我独在礼堂外徘徊,遇见程君,前来问我道,"先生可曾为刘和珍写了一点什么没有?"我说"没有"。她就正告我,"先生还是写一点罢;刘和珍生前就很爱看先生的文章。"

这是我知道的,凡我所编辑的期刊,大概是因为往往有始无终之故罢,销行一向就甚为寥落,然而在这样的生活艰难中,毅然预定了《莽原》全年的就有她。我也早觉得有写一点东西的必要了,这虽然于死者毫不相干,但在生者,却大抵只能如此而已。倘使我能够相信真有所谓"在天之灵",那自然可以得到更大的安慰,——但是,现在,却只能如此而已。

可是我实在无话可说。我只觉得所住的并非人间。四十多个青年的血,洋溢在我的周围,使我艰于呼吸视听,那里还能有什么言语?长歌当哭,是必须在痛定之后的。而此后几个所谓学者文人的阴险的论调,尤使我觉得悲哀。我已经出离愤怒了。我将深味这非人间的浓黑的悲凉;以我的最大哀痛显示于非人间,使它们快意于我的苦痛,就将这作为后死者的菲薄的祭品,奉献于逝者的灵前。

二

真的猛士,敢于直面惨淡的人生,敢于正视淋漓的鲜血。这是怎样的哀痛者和幸福者?然而造化又常常为庸人设计,以时间的流驶,来洗涤旧迹,仅使留下淡红的血色和微漠的悲哀。在这淡红的血色和微漠的悲哀中,又给人暂得偷生,维持着这似人非人的世界。我不知道这样的世界何时是一个尽头!

我们还在这样的世上活着;我也早觉得有写一点东西的必要了。离三月十八日也已有两星期,忘却的救主快要降临了罢,我正有写一点东西的必要了。

三

在四十余被害的青年之中,刘和珍君是我的学生。学生云者,我向来这样想,这样说,现在却觉得有些踌躇了,我应该对她奉献我的悲哀与尊敬。她不是"苟活到现在的我"的学生,是为了中国而死的中国的青年。

她的姓名第一次为我所见,是在去年夏初杨荫榆女士做女子师范大学校长,开除校中六个学生自治会职员的时候。其中的一个就是她;但是我不认识。直到后来,也许已经是刘百昭率领男女武将,强拖出校之后了,才有人指着一个学生告诉我,说:这就是刘和珍。其时我才能将姓名和实体联合起来,心中却暗自诧异。我平素想,能够不为势利所屈,反抗一广有羽翼的校长的学生,无论如何,总该是有些桀骜锋利的,但她却常常微笑着,态度很温和。待到偏安于宗帽胡同，赁屋授课之后，她才始来听我的讲义，于是见面的回数就较多了，也还是始终微笑着，态度很温和。待到学校恢复旧观，往日的教职员以为责任已尽，准备陆续引退的时候，我才见她虑及母校前途，黯然至于泣下。此后似乎就不相见。总之，在我的记忆上，那一次就是永别了。

四

我在十八日早晨，才知道上午有群众向执政府请愿的事；下午便得到噩耗，说卫队居然开枪，死伤至数百人，而刘和珍君即在遇害者之列。但我对于这些传说，竟至于颇为怀疑。我向来是不惮以最坏的恶意，来推测中国人的，然而我还不料，也不信竟会下劣凶残到这地步。况且始终微笑着的和蔼的刘和珍君，更何至于无端在府门前喋血呢？

然而即日证明是事实了，作证的便是她自己的尸骸。还有一具，是杨德群君的。而且又证明着这不但是杀害，简直是虐杀，因为身体上还有棍棒的伤痕。

但段政府就有令，说她们是"暴徒"！

但接着就有流言,说她们是受人利用的。

惨象,已使我目不忍视了;流言,尤使我耳不忍闻。我还有什么话可说呢?我懂得衰亡民族之所以默无声息的缘由了。沉默呵,沉默呵!不在沉默中爆发,就在沉默中灭亡。

五

但是,我还有要说的话。

我没有亲见;听说,她,刘和珍君,那时是欣然前往的。自然,请愿而已,稍有人心者,谁也不会料到有这样的罗网。但竟在执政府前中弹了,从背部入,斜穿心肺,已是致命的创伤,只是没有便死。同去的张静淑君想扶起她,中了四弹,其一是手枪,立仆;同去的杨德群君又想去扶起她,也被击,弹从左肩入,穿胸偏右出,也立仆。但她还能坐起来,一个兵在她头部及胸部猛击两棍,于是死掉了。

始终微笑的和蔼的刘和珍君确是死掉了,这是真的,有她自己的尸骸为证;沉勇而友爱的杨德群君也死掉了,有她自己的尸骸为证;只有一样沉勇而友爱的张静淑君还在医院里呻吟。当三个女子从容地转辗于文明人所发明的枪弹的攒射中的时候,这是怎样的一个惊心动魄的伟大呵!中国军人的屠戮妇婴的伟绩,八国联军的惩创学生的武功,不幸全被这几缕血痕抹杀了。

但是中外的杀人者却居然昂起头来,不知道个个脸上有着血污……。

六

时间永是流驶,街市依旧太平,有限的几个生命,在中国是不算什么的,至多,不过供无恶意的闲人以饭后的谈资,或者给有恶意的闲人作"流言"的种子。至于此外的深的意义,我总觉得很寥寥,因为这实在不过是徒手的请愿。人类的血战前行的历史,正如煤的形成,当时用大量的木材,结果却只是一小块,但请愿是不在其中的,更何况是徒手。

然而既然有了血痕了,当然不觉要扩大。至少,也当浸渍了亲族,师友,爱人的心,纵使时光流驶,洗成绯红,也会在微漠的悲哀中永存微笑的和蔼的旧影。陶潜说过,"亲戚或余悲,他人亦已歌,死去何所道,托体同山阿。"倘能如此,这也就够了。

七

我已经说过:我向来是不惮以最坏的恶意来推测中国人的。但这回却很有几点出于我的意外。一是当局者竟会这样地凶残,一是流言家竟至如此之下劣,一是中国的女性临难竟能如是之从容。

我目睹中国女子的办事,是始于去年的,虽然是少数,但看那干练坚决,百折不回的气概,曾经屡次为之感叹。至于这一回在弹雨中互相救助,虽殒身不恤的事实,则更足为中国女子的勇毅,虽遭阴谋秘计,压抑至数千年,而终于没有消亡的明证了。倘要寻求这一次死伤者对于将来的意义,意义就在此罢。

苟活者在淡红的血色中,会依稀看见微茫的希望;真的猛士,将更奋然而前行。

呜呼,我说不出话,但以此记念刘和珍君!

四月一日。

为了忘却的记念

一

我早已想写一点文字,来记念几个青年的作家。这并非为了别的,只因为两年以来,悲愤总时时来袭击我的心,至今没有停止,我很想借此算是竦身一摇,将悲哀摆脱,给自己轻松一下,照直说,就是我倒要将他们忘却了。

两年前的此时,即一九三一年的二月七日夜或八日晨,是我们的五个青年作家同时遇害的时候。当时上海的报章都不敢载这件事,或者也许是不愿,或不屑载这件事,只在《文艺新闻》上有一点隐约其辞的文章。那第十一期(五月二十五日)里,有一篇林莽先生

作的《白莽印象记》,中间说:

"他做了好些诗,又译过匈牙利诗人彼得斐的几首诗,当时的《奔流》的编辑者鲁迅接到了他的投稿,便来信要和他会面,但他却是不愿见名人的人,结果是鲁迅自己跑来找他,竭力鼓励他作文学的工作,但他终于不能坐在亭子间里写,又去跑他的路了。不久,他又一次的被了捕。……"

这里所说的我们的事情其实是不确的。白莽并没有这么高慢,他曾经到过我的寓所来,但也不是因为我要求和他会面;我也没有这么高慢,对于一位素不相识的投稿者,会轻率的写信去叫他。我们相见的原因很平常,那时他所投的是从德文译出的《彼得斐传》,我就发信去讨原文,原文是载在诗集前面的,邮寄不便,他就亲自送来了。看去是一个二十多岁的青年,面貌很端正,颜色是黑黑的,当时的谈话我已经忘却,只记得他自说姓徐,象山人;我问他为什么代你收信的女士是这么一个怪名字(怎么怪法,现在也忘却了),他说她就喜欢起得这么怪,罗曼谛克,自己也有些和她不大对劲了。就只剩了这一点。

夜里,我将译文和原文粗粗的对了一遍,知道除几处误译之外,还有一个故意的曲译。他像是不喜欢"国民诗人"这个字的,都改成"民众诗人"了。第二天又接到他一封来信,说很悔和我相见,他的话多,我的话少,又冷,好像受了一种威压似的。我便写一封回信去解释,说初次相会,说话不多,也是人之常情,并且告诉他不应该由自己的爱憎,将原文改变。因为他的原书留在我这里了,就将我所藏的两本集子送给他,问他可能再译几首诗,以供读者的参看。他果然译了几首,自己拿来了,我们就谈得比第一回多一些。这传和诗,后来就都登在《奔流》第二卷第五本,即最末的一本里。

我们第三次相见,我记得是在一个热天。有人打门了,我去开门时,来的就是白莽,却穿着一件厚棉袍,汗流满面,彼此都不禁失笑。这时他才告诉我他是一个革命者,刚由被捕而释出,衣服和书籍全被没收了,连我送他的那两本;身上的袍子是从朋友那里借来的,没有夹衫,而必须穿长衣,所以只好这么出汗。我想,这大约就是林莽先生说的"又一次的被了捕"的那一次了。

我很欣幸他的得释,就赶紧付给稿费,使他可以买一件夹衫,但一面又很为我的那两本书痛惜:落在捕房的手里,真是明珠投暗了。那两本书,原是极平常的,一本散文,一本诗集,据德文译者说,这是他搜集起来的,虽在匈牙利本国,也还没有这么完全的本子,然而印在《莱克朗氏万有文库》(Reclam's Universal-Bibliothek)中,倘在德国,就随处可得,也值不到一元钱。不过在我是一种宝贝,因为这是三十年前,正当我热爱彼得斐的时候,特地托丸善书店从德国去买来的,那时还恐怕因为书极便宜,店员不肯经手,开口时非常惴惴。后来大抵带在身边,只是情随事迁,已没有翻译的意思了,这回便决计送给这也如我的那时一样,热爱彼得斐的诗的青年,算是给它寻得了一个好着落。所以还郑重其事,托柔石亲自送去的。谁料竟会落在"三道头"之类的手里的呢,这岂不冤枉!

二

我的决不邀投稿者相见,其实也并不完全因为谦虚，其中含着省事的分子也不少。由于历来的经验，我知道青年们，尤其是文学青年们，十之九是感觉很敏，自尊心也很旺盛的，一不小心，极容易得到误解，所以倒是故意回避的时候多。见面尚且怕，更不必说敢有托付了。但那时我在上海，也有一个惟一的不但敢于随便谈笑，而且还敢于托他办点私事的人，那就是送书去给白莽的柔石。

我和柔石最初的相见，不知道是何时，在那里。他仿佛说过，曾在北京听过我的讲义，那么，当在八九年之前了。我也忘记了在上海怎么来往起来，总之，他那时住在景云里，离我的寓所不过四五家门面，不知怎么一来，就来往起来了。大约最初的一回他就告诉我是姓赵，名平复。但他又曾谈起他家乡的豪绅的气焰之盛，说是有一个绅士，以为他的名字好，要给儿子用，叫他不要用这名字了。所以我疑心他的原名是"平福"，平稳而有福，才正中乡绅的意，对于"复"字却未必有这么热心。他的家乡，是台州的宁海，这只要一看他那台州式的硬气就知道，而且颇有点迂，有时会令我忽而想到方孝孺，觉得好像也有些这模样的。

他躲在寓里弄文学，也创作，也翻译，我们往来了许多日，说得投合起来了，于是另外约定了几个同意的青年，设立朝华社。目的是在绍介东欧和北欧的文学，输入外国的版画，因为我们都以为应该来扶植一点刚健质朴的文艺。接着就印《朝花旬刊》，印《近代世界短篇小说集》，印《艺苑朝华》，算都在循着这条线，只有其中的一本《蕗谷虹儿画选》，是为了扫荡上海滩上的"艺术家"，即戳穿叶灵凤这纸老虎而印的。

然而柔石自己没有钱，他借了二百多块钱来做印本。除买纸之外，大部分的稿子和杂务都是归他做，如跑印刷局，制图，校字之类。可是往往不如意，说起来皱着眉头。看他旧作品，都很有悲观的气息，但实际上并不然，他相信人们是好的。我有时谈到人会怎样的骗人，怎样的卖友，怎样的吮血，他就前额亮晶晶的，惊疑地圆睁了近视的眼睛，抗议道，"会这样的么？——不至于此罢？……"

不过朝花社不久就倒闭了，我也不想说清其中的原因，总之是柔石的理想的头，先碰了一个大钉子，力气固然白化，此外还得去借一百块钱来付纸账。后来他对于我那"人心惟危"说的怀疑减少了，有时也叹息道，"真会这样的么？……"但是，他仍然相信人们是好的。

他于是一面将自己所应得的朝花社的残书送到明日书店和光华书局去,希望还能够收回几文钱,一面就拼命的译书,准备还借款,这就是卖给商务印书馆的《丹麦短篇小说集》和戈理基作的长篇小说《阿尔泰莫诺夫之事业》。但我想,这些译稿,也许去年已被兵火烧掉了。

他的迂渐渐的改变起来,终于也敢和女性的同乡或朋友一同去走路了,但那距离,却至少总有三四尺的。这方法很不好,有时我在路上遇见他,只要在相距三四尺前后或左右有一个年青漂亮的女人,我便会疑心就是他的朋友。但他和我一同走路的时候,可就走得近了,简直是扶住我,因为怕我被汽车或电车撞死;我这面也为他近视而又要照顾别人担心,大家都苍皇失措的愁一路,所以倘不是万不得已,我是不大和他一同出去的,我实在看得他吃力,因而自己也吃力。

无论从旧道德,从新道德,只要是损己利人的,他就挑选上,自己背起来。

他终于决定地改变了,有一回,曾经明白的告诉我,此后应该转换作品的内容和形式。我说:这怕难罢,譬如使惯了刀的,这回要他耍棍,怎么能行呢? 他简洁的答道:只要学起来!

他说的并不是空话,真也在从新学起来了,其时他曾经带了一个朋友来访我,那就是冯铿女士。谈了一些天,我对于她终于很隔膜,我疑心她有点罗曼谛克,急于事功;我又疑心柔石的近来要做大部的小说,是发源于她的主张的。但我又疑心我自己,也许是柔石的先前的斩钉截铁的回答,正中了我那其实是偷懒的主张的伤疤,所以不自觉地迁怒到她身上去了。——我其实也并不比我所怕见的神经过敏而自尊的文学青年高明。

她的体质是弱的,也并不美丽。

三

直到左翼作家联盟成立之后,我才知道我所认识的白莽,就是在《拓荒者》上做诗的殷夫。有一次大会时,我便带了一本德译的,一个美国的新闻记者所做的中国游记去送他,这不过以为他可以由此练习德文，另外并无深意。然而他没有来。我只得又托了柔石。

但不久,他们竟一同被捕,我的那一本书,又被没收,落在"三道头"之类的手里了。

四

明日书店要出一种期刊,请柔石去做编辑,他答应了;书店还想印我的译著,托他来问版税的办法,我便将我和北新书局所订的合同,抄了一份交给他,他向衣袋里一塞,匆匆的走了。其时是一九三一年一月十六日的夜间,而不料这一去,竟就是我和他相见的末一回,竟就是我们的永诀。

第二天,他就在一个会场上被捕了,衣袋里还藏着我那印书的合同,听说官厅因此正在找寻我。印书的合同,是明明白白的,但我不愿意到那些不明不白的地方去辩解。记得《说岳全传》里讲过一个高僧,当追捕的差役刚到寺门之前,他就"坐化"了,还留下什么"何立从东来,我向西方走"的偈子。这是奴隶所幻想的脱离苦海的惟一的好方法,"剑侠"盼不到,最自在的惟此而已。我不是高僧，没有涅槃的自由，却还有生之留恋，我于是就逃走。

这一夜，我烧掉了朋友们的旧信札，就和女人抱着孩子走在一个客栈里。不几天，即听得外面纷纷传我被捕，或是被杀了，柔石的消息却很少。有的说，他曾经被巡捕带到明日书店里，问是否是编辑；有的说，他曾经被巡捕带往北新书局去，问是否是柔石，手上上了铐，可见案情是重的。但怎样的案情，却谁也不明白。

他在囚系中，我见过两次他写给同乡的信，第一回是这样的——

"我与三十五位同犯（七个女的）于昨日到龙华。并于昨夜上了镣，开政治犯从未上镣之纪录。此案累及太大，我一时恐难出狱，书店事望兄为我代办之。现亦好，且跟殷夫兄学德文，此事可告周先生；望周先生勿念，我等未受刑。捕房和公安局，几次问周先生地址，但我那里知道。诸望勿念。祝好！

赵少雄一月二十四日。"

以上正面。

"洋铁饭碗,要二三只
如不能见面,可将东西
望转交赵少雄"

以上背面。

他的心情并未改变,想学德文,更加努力;也仍在记念我,像在马路上行走时候一般。但他信里有些话是错误的,政治犯而上镣,并非从他们开始,但他向来看得官场还太高,以为文明至今,到他们才开始了严酷。其实是不然的。果然,第二封信就很不同,措词非常惨苦,且说冯女士的面目都浮肿了,可惜我没有抄下这封信。其时传说也更加纷繁,说他可以赎出的也有,说他已经解往南京的也有,毫无确信;而用函电来探问我的消息的也多起来,连母亲在北京也急得生病了,我只得一一发信去更正,这样的大约有二十天。

天气愈冷了,我不知道柔石在那里有被褥不?我们是有的。洋铁碗可曾收到了没有?……但忽然得到一个可靠的消息,说柔石和其他二十三人,已于二月七日夜或八日晨,在龙华警备司令部被枪毙了,他的身上中了十弹。

原来如此!……

在一个深夜里,我站在客栈的院子中,周围是堆着的破烂的什物;人们都睡觉了,连我的女人和孩子。我沉重的感到我失掉了很好的朋友,中国失掉了很好的青年,我在悲愤中沉静下去了,然而积习却从沉静中抬起头来,凑成了这样的几句:

> 惯于长夜过春时,挈妇将雏鬓有丝。
> 梦里依稀慈母泪,城头变幻大王旗。
> 忍看朋辈成新鬼,怒向刀丛觅小诗。
> 吟罢低眉无写处,月光如水照缁衣。

但末二句,后来不确了,我终于将这写给了一个日本的歌人。

可是在中国,那时是确无写处的,禁锢得比罐头还严密。我记得柔石在年底曾回故乡,住了好些时,到上海后很受朋友的责备。他悲愤的对我说,他的母亲双眼已经失明了,要他多住几天,他怎么能够就走呢?我知道这失明的母亲的眷眷的心,柔石的拳拳的心。当《北斗》创刊时,我就想写一点关于柔石的文章,然而不能够,只得选了一幅珂勒惠支(Kthe Kollwitz)夫人的木刻,名曰《牺牲》,是一个母亲悲哀地献出她的儿子去的,算是只有我一个人心里知道的柔石的记念。

同时被难的四个青年文学家之中,李伟森我没有会见过,胡也频在上海也只见过一次面,谈了几句天。较熟的要算白莽,即殷夫了,他曾经和我通过信,投过稿,但现在寻起来,一无所得,想必是十七那夜统统烧掉了,那时我还没有知道被捕的也有白莽。然而那本《彼得斐诗集》却在的,翻了一遍,也没有什么,只在一首《Wahlspruch》(格言)的旁边,有钢笔写的四行译文道:

"生命诚宝贵,
　爱情价更高;

若为自由故,

二者皆可抛!"

又在第二叶上,写着"徐培根"三个字,我疑心这是他的真姓名。

五

前年的今日,我避在客栈里,他们却是走向刑场了;去年的今日,我在炮声中逃在英租界,他们则早已埋在不知那里的地下了;今年的今日,我才坐在旧寓里,人们都睡觉了,连我的女人和孩子。我又沉重的感到我失掉了很好的朋友,中国失掉了很好的青年,我在悲愤中沉静下去了,不料积习又从沉静中抬起头来,写下了以上那些字。

要写下去,在中国的现在,还是没有写处的。年青时读向子期《思旧赋》,很怪他为什么只有寥寥的几行,刚开头却又煞了尾。然而,现在我懂得了。

不是年青的为年老的写记念,而在这三十年中,却使我目睹许多青年的血，层层淤积起来，将我埋得不能呼吸，我只能用这样的笔墨，写几句文章，算是从泥土中挖一个小孔，自己延口残喘，这是怎样的世界呢。夜正长，路也正长，我不如忘却，不说的好罢。但我知道，即使不是我，将来总会有记起他们，再说他们的时候的。……

　　　　　　　　　　　　二月七——八日。

柔石小传

柔石,原名平复,姓赵,以一九〇一年生于浙江省台州宁海县的市门头。前几代都是读书的,到他的父亲,家景已不能支,只好去营小小的商业,所以他直到十岁,这才能入小学。一九一七年赴杭州,入第一师范学校;一面为杭州晨光社之一员,从事新文学运动。毕业后,在慈溪等处为小学教师,且从事创作,有短篇小说集《疯人》一本,即在宁波出版,是为柔石作品印行之始。一九二三年赴北京,为北京大学旁听生。

回乡后,于一九二五年春,为镇海中学校务主任,抵抗北洋军阀的压迫甚力。秋,咯血,但仍力助宁海青年,创办宁海中学,至次年,竟得募集款项,造成校舍;一面又任教育局局长,改革全县的教育。

一九二八年四月,乡村发生暴动,失败后,到处反动,较新的全被摧毁,宁海中学既遭解散,柔石也单身出走,寓居上海,研究文艺。十二月为《语丝》编辑,又与友人设立朝华社,于创作之外,并致力于绍介外国文艺,尤其是北欧,东欧的文学与版画,出版的有《朝华》周刊二十期,旬刊十二期,及《艺苑朝华》五本。后因代售者不付书价,力不能支,遂中止。

一九三〇年春,自由运动大同盟发动,柔石为发起人之一;不久,左翼作家联盟成立,他也为基本构成员之一,尽力于普罗文学运动。先被选为执行委员,次任常务委员编辑部主任;五月间,以左联代表的资格,参加全国苏维埃区域代表大会,毕后,作《一个伟大的印象》一篇。

一九三一年一月十七日被捕,由巡捕房经特别法庭移交龙华警备司令部,二月七日晚,被秘密枪决,身中十弹。

柔石有子二人,女一人,皆幼。文学上的成绩,创作有诗剧《人间的喜剧》,未印,小说《旧时代之死》,《三姊妹》,《二月》,《希望》,翻译有卢那卡尔斯基的《浮士德与城》,戈理基的《阿尔泰莫诺夫氏之事业》及《丹麦短篇小说集》等。

《守常全集》题记

我最初看见守常先生的时候,是在独秀先生邀去商量怎样进行《新青年》的集会上,这样就算认识了。不知道他其时是否已是共产主义者。总之,给我的印象是很好的:诚实,谦和,不多说话。《新青年》的同人中,虽然也很有喜欢明争暗斗,扶植自己势力的人,但他一直到后来,绝对的不是。

他的模样是颇难形容的,有些儒雅,有些朴质,也有些凡俗。所以既像文士,也像官吏,又有些像商人。这样的商人,我在南边没有看见过,北京却有的,是旧书店或笺纸店的掌柜。一九二六年三月十八日,段祺瑞们枪击徒手请愿的学生的那一次,他也在群众中,给一个兵抓住了,问他是何等样人。答说是"做买卖的"。兵道:"那么,到这里来干什么?滚你的罢!"一推,他总算逃得了性命。

倘说教员,那时是可以死掉的。

然而到第二年,他终于被张作霖们害死了。

段将军的屠戮,死了四十二人,其中有几个是我的学生,我实在很觉得一点痛楚;张将军的屠戮,死的好像是十多人,手头没有记录,说不清楚了,但我所认识的只有一个守常先生。在厦门知道了这消息之后,椭圆的脸,细细的眼睛和胡子,蓝布袍,黑马褂,就时时出现在我的眼前,其间还隐约看见绞首台。痛楚是也有些的,但比先前淡漠了。这是我历来的偏见:见同辈之死,总没有像见青年之死的悲伤。

这回听说在北平公然举行了葬式,计算起来,去被害的时候已经七年了。这是极应该的。我不知道他那时被将军们所编排的罪状,——大概总不外乎"危害民国"罢。然而仅在这短短的七年中,事实就铁铸一般的证明了断送民国的四省的并非李大钊,却是杀戮了他的将军!

那么,公然下葬的宽典,该是可以取得的了。然而我在报章上,又看见北平当局的禁止路祭和捕拿送葬者的新闻。我也不知道为什么,但这回恐怕是"妨害治安"了罢。倘其果然,则铁铸一般的反证,实在来得更加神速:看罢,妨害了北平的治安的是日军呢还是人民!

但革命的先驱者的血,现在已经并不希奇了。单就我自己说罢,七年前为了几个人,就发过不少激昂的空论,后来听惯了电刑,枪毙,斩决,暗杀的故事,神经渐渐麻木,毫不吃惊,也无言说了。我想,就是报上所记的"人山人海"去看枭首示众的头颅的人们,恐怕也未必觉得更兴奋于看赛花灯的罢。血是流得太多了。

不过热血之外,守常先生还有遗文在。不幸对于遗文,我却很难讲什么话。因为所执的业,彼此不同,在《新青年》时代,我虽以他为站在同一战线上的伙伴,却并未留心他的文章,譬如骑兵不必注意于造桥,炮兵无须分神于驭马,那时自以为尚非错误。所以现在所能说的,也不过:一,是他的理论,在现在看起来,当然未必精当的;二,是虽然如此,他的遗文却将永住,因为这是先驱者的遗产,革命史上的丰碑。一切死的和活的骗子的一迭迭的集子,不是已在倒塌下来,连商人也"不顾血本"的只收二三折了么?

以过去和现在的铁铸一般的事实来测将来,洞若观火!

> 一九三三年五月二十九夜,鲁迅谨记。

这一篇,是T先生要我做的,因为那集子要在和他有关系的G书局出版。我谊不容辞,只得写了这一点,不久,便在《涛声》上登出来。但后来,听说那遗集稿子的有权者另托C书局去印了,至今没有出版,也许是暂时不会出版的罢,我虽然很后悔乱作题记的孟浪,但我仍然要在自己的集子里存留,记此一件公案。

> 十二月三十一夜,附识。

内山完造作《活中国的姿态》序

这也并非自己的发见,是在内山书店里听着漫谈的时候拾来的,据说:像日本人那样的喜欢"结论"的民族,就是无论是听议论,是读书,如果得不到结论,心里总不舒服的民族,在现在的世上,好像是颇为少有的,云。

接收了这一个结论之后,就时时令人觉得很不错。例如关于中国人,也就是这样的。明治时代的支那研究的结论,似乎大抵受着英国的什么人做的《支那人气质》的影响,但到近来,却也有了面目一新的结论了。一个旅行者走进了下野的有钱的大官的书斋,看见有许多很贵的砚石,便说中国是"文雅的国度";一个观察者到上海来一下,买几种猥亵的书和图画,再去寻寻奇怪的观览物事,便说中国是"色情的国度"。连江苏和浙江方面,大吃竹笋的事,也算作色情心理的表现的一个证据。然而广东和北京等处,因为竹少,所以并不怎么吃竹笋。倘到穷文人的家里或者寓里去,不但无所谓书斋,连砚石也不过用着两角钱一块的家伙。一看见这样的事,先前的结论就通不过去了,所以观察者也就有些窘,不得不另外摘出什么适当的结论来。于是这一回,是说支那很难懂得,支那是"谜的国度"了。

据我自己想:只要是地位,尤其是利害一不相同,则两国之间不消说,就是同国的人们之间,也不容易互相了解的。

例如罢,中国向西洋派遣过许多留学生,其中有一位先生,好像也并不怎样喜欢研究西洋,于是提出了关于中国文学的什么论文,使那边的学者大吃一惊,得了博士的学位,回来了。然而因为在外国研究得太长久,忘记了中国的事情,回国之后,就只好来教授西洋文学。他一看见本国里乞丐之多,非常诧异,慨叹道:他们为什么不去研究学问,却自甘堕落的呢?所以下等人实在是无可救药的。

不过这是极端的例子。倘使长久的生活于一地方,接触着这地方的人民,尤其是接触,感得了那精神,认真的想一想,那么,对于那国度,恐怕也未必不能了解罢。

著者是二十年以上,生活于中国,到各处去旅行,接触了各阶级的人们的,所以来写这样的漫文,我以为实在是适当的人物。事实胜于雄辩,这些漫文,不是的确放着一种异彩吗?自己也常常去听漫谈,其实是负有捧场的权利和义务的,但因为已是很久的"老朋友"了,所以也想添几句坏话在这里。其一,是有多说中国的优点的倾向,这是和我的意见相反的,不过著者那一面,也自有他的意见,所以没有法子想。还有一点,是并非坏话也说不定的,就是读起那漫文来,往往颇有令人觉得"原来如此"的处所,而这令人觉得"原来如此"的处所,归根结蒂,也还是结论。幸而卷末没有明记着"第几章:结论",所以仍不失为漫谈,总算还好的。

然而即使力说是漫谈,著者的用心,还是在将中国的一部分的真相,绍介给日本的读者的。但是,在现在,总依然是因了各种的读者,那结果也不一样罢。这是没有法子的事。据我看来,日本和中国的人们之间,是一定会有互相了解的时候的。新近的报章上,虽然又在竭力的说着"亲善"呀,"提携"呀,到得明年,也不知道又将说些什么话,但总而言之,现在却不是这时候。

倒不如看看漫文,还要有意思一点罢。

一九三五年三月五日鲁迅记于上海。

萧红作《生死场》序

记得已是四年前的事了,时维二月,我和妇孺正陷在上海闸北的火线中,眼见中国人的因为逃走或死亡而绝迹。后来仗着几个朋友的帮助,这才得进平和的英租界,难民虽然满路,居人却很安闲。和闸北相距不过四五里罢,就是一个这么不同的世界,——我们又怎么会想到哈尔滨。

这本稿子的到了我的桌上,已是今年的春天,我早重回闸北,周围又复熙熙攘攘的时候了。但却看见了五年以前,以及更早的哈尔滨。这自然还不过是略图,叙事和写景,胜于人物的描写,然而北方人民的对于生的坚强,对于死的挣扎,却往往已经力透纸背;女性作者的细致的观察和越轨的笔致,又增加了不少明丽和新鲜。精神是健全的,就是深恶文艺和功利有关的人,如果看起来,他不幸得很,他也难免不能毫无所得。

听说文学社曾经愿意给她付印,稿子呈到中央宣传部书报检查委员会那里去,搁了半年,结果是不许可。人常常会事后才聪明,回想起来,这正是当然的事:对于生的坚强和死的挣扎,恐怕也确是大背"训政"之道的。今年五月,只为了《略谈皇帝》这一篇文章,这一个气焰万丈的委员会就忽然烟消火灭,便是"以身作则"的实地大教训。

奴隶社以汗血换来的几文钱,想为这本书出版,却又在我们的上司"以身作则"的半年之后了,还要我写几句序。然而这几天,却又谣言蜂起,闸北的熙熙攘攘的居民,又在抱头鼠窜了,路上是骆驿不绝的行李车和人,路旁是黄白两色的外人,含笑在赏鉴这礼让之邦的盛况。自以为居于安全地带的报馆的报纸,则称这些逃命者为"庸人"或"愚民"。我却以为他们也许是聪明的,至少,是已经凭着经验,知道了煌煌的官样文章之不可信。他们还有些记性。

现在是一九三五年十一月十四的夜里,我在灯下再看完了《生死场》。周围像死一般寂静,听惯的邻人的谈话声没有了,食物的叫卖声也没有了,不过偶有远远的几声犬吠。想起来,英法租界当不是这情形,哈尔滨也不是这情形;我和那里的居人,彼此都怀着不同的心情,住在不同的世界。然而我的心现在却好像古井中水,不生微波,麻木的写了以上那些字。这正是奴隶的心!——但是,如果还是搅乱了读者的心呢?那么,我们还决不是奴才。

不过与其听我还在安坐中的牢骚话,不如快看下面的《生死场》,她才会给你们以坚强和挣扎的力气。

鲁迅。

叶紫作《丰收》序

作者写出创作来，对于其中的事情，虽然不必亲历过，最好是经历过。诘难者问：那么，写杀人最好是自己杀过人，写妓女还得去卖淫么？答曰：不然。我所谓经历，是所遇，所见，所闻，并不一定是所作，但所作自然也可以包含在里面。天才们无论怎样说大话，归根结蒂，还是不能凭空创造。描神画鬼，毫无对证，本可以专靠了神思，所谓"天马行空"似的挥写了，然而他们写出来的，也不过是三只眼，长颈子，就是在常见的人体上，增加了眼睛一只，增长了颈子二三尺而已。这算什么本领，这算什么创造？

地球上不只一个世界，实际上的不同，比人们空想中的阴阳两界还利害。这一世界中人，会轻蔑，憎恶，压迫，恐怖，杀戮别一世界中人，然而他不知道，因此他也写不出,于是他自称"第三种人",他"为艺术而艺术",他即使写了出来,也不过是三只眼,长颈子而已。"再亮些"? 不要骗人罢! 你们的眼睛在那里呢?

伟大的文学是永久的,许多学者们这么说。对啦,也许是永久的罢。但我自己,却与其看薄凯契阿,雨果的书,宁可看契诃夫,高尔基的书,因为它更新,和我们的世界更接近。中国确也还盛行着《三国志演义》和《水浒传》,但这是为了社会还有三国气和水浒气的缘故。《儒林外史》作者的手段何尝在罗贯中下,然而留学生漫天塞地以来,这部书就好像不永久,也不伟大了。伟大也要有人懂。

这里的六个短篇,都是太平世界的奇闻,而现在却是极平常的事情。因为极平常,所以和我们更密切,更有大关系。作者还是一个青年,但他的经历,却抵得太平天下的顺民的一世纪的经历,在转辗的生活中,要他"为艺术而艺术",是办不到的。但我们有人懂得这样的艺术,一点用不着谁来发愁。

这就是伟大的文学么? 不是的,我们自己并没有这么说。"中国为什么没有伟大文学产生?"我们听过许多指导者的教训了,但可惜他们独独忘却了一方面的对于作者和作品的摧残。"第三种人"教训过我们,希腊神话里说什么恶鬼有一张床,捉了人去,给睡在这床上,短了,就拉长他,太长,便把他截短。左翼批评就是这样的床,弄得他们写不出东西来了。现在这张床真的摆出来了,不料却只有"第三种人"睡得不长不短,刚刚合式。仰面唾天,掉在自己的眼睛里,天下真会有这等事。

但我们却有作家写得出东西来,作品在摧残中也更加坚实。不但为一大群中国青年读者所支持,当《电网外》在《文学新地》上以《王伯伯》的题目发表后,就得到世界的读者了。这就是作者已经尽了当前的任务,也是对于压迫者的答复:文学是战斗的!

我希望将来还有看见作者的更多,更好的作品的时候。

一九三五年一月十六日,鲁迅记于上海。

为半农题记《何典》后,作

还是两三年前,偶然在光绪五年(1879)印的《申报馆书目续集》上看见《何典》题要,这样说:

"《何典》十回。是书为过路人编定,缠夹二先生评,而太平客人为之序。书中引用诸人,有曰活鬼者,有曰穷鬼者,有曰活死人者,有曰臭花娘者,有曰畔房小姐者;阅之已堪喷饭。况阅其所记,无一非三家村俗语;无中生有,忙里偷闲。其言,则鬼话也;其人,则鬼名也;其事,则开鬼心,扮鬼脸,钓鬼火,做鬼戏,搭鬼棚也。语曰,'出于何典'?而今而后,有人以俗语为文者,曰'出于《何典》'而已矣。"

疑其颇别致，于是留心访求，但不得；常维钧多识旧书肆中人，因托他搜寻，仍不得。今年半农告我已在厂甸庙市中无意得之，且将校点付印；听了甚喜。此后半农便将校样陆续寄来，并且说希望我做一篇短序，他知道我是至多也只能做短序的。然而我还很踌躇，我总觉得没有这种本领。我以为许多事是做的人必须有这一门特长的，这才做得好。譬如，标点只能让汪原放，做序只能推胡适之，出版只能由亚东图书馆；刘半农，李小峰，我，皆非其选也。然而我却决定要写几句。为什么呢？只因为我终于决定要写几句了。

还未开手，而躬逢战争，在炮声和流言当中，很不宁帖，没有执笔的心思。夹着是得知又有文士之徒在什么报上骂半农了，说《何典》广告怎样不高尚，不料大学教授而竟堕落至于斯。这颇使我凄然，因为由此记起了别的事，而且也以为"不料大学教授而竟堕落至于斯"。从此一见《何典》，便感到苦痛，再也说不出一句话。

是的，大学教授要堕落下去。无论高的或矮的，白的或黑的，或灰的。不过有些是别人谓之堕落，而我谓之困苦。我所谓困苦之一端,便是失了身分。我曾经做过《论"他妈的!"》早有青年道德家乌烟瘴气地浩叹过了,还讲身分么?但是也还有些讲身分。我虽然"深恶而痛绝之"于那些戴着面具的绅士,却究竟不是"学匪"世家;见了所谓"正人君子"固然决定摇头,但和歪人奴子相处恐怕也未必融洽。用了无差别的眼光看,大学教授做一个滑稽的,或者甚而至于夸张的广告何足为奇?就是做一个满嘴"他妈的"的广告也何足为奇?然而呀,这里用得着然而了,我是究竟生在十九世纪的,又做过几年官,和所谓"孤桐先生"同部,官——上等人——气骤不易退,所以有时也觉得教授最相宜的也还是上讲台。又要然而了,然而必须有够活的薪水,兼差倒可以。这主张在教育界大概现在已经有一致赞成之望,去年在什么公理会上一致攻击兼差的公理维持家,今年也颇有一声不响地去兼差的了,不过"大报"上决不会登出来,自己自然更未必做广告。

半农到德法研究了音韵好几年,我虽然不懂他所做的法文书,只知道里面很夹些中国字和高高低低的曲线,但总而言之,书籍具在,势必有人懂得。所以他的正业，我以为也还是将这些曲线教给学生们。可是北京大学快要关门大吉了；他兼差又没有。那么，即使我是怎样的十足上等人，也不能反对他印卖书。既要印卖，自然想多销，既想多销，自然要做广告，既做广告，自然要说好。难道有自己印了书，却发广告说这书很无聊，请列位不必看的么？说我的杂感无一读之价值的广告，那是西滢（即陈源）做的。——顺便在此给自己登一个广告罢：陈源何以给我登这样的反广告的呢，只要一看我的《华盖集》就明白。主顾诸公，看呀！快看呀！每本大洋六角，北新书局发行。

想起来已经有二十多年了，以革命为事的陶焕卿，穷得不堪，在上海自称会稽先生，教人催眠术以糊口。有一天他问我，可有什么药能使人一嗅便睡去的呢？我明知道他怕施术不验，求助于药物了。其实呢，在大众中试验催眠，本来是不容易成功的。我又不知道他所寻求的妙药，爱莫能助。两三月后，报章上就有投书（也许是广告）出现，说会稽先生不懂催眠术，以此欺人。清政府却比这干鸟人灵敏得多，所以通缉他的时候，有一联对句道："著《中国权力史》，学日本催眠术。"

《何典》快要出版了，短序也已经迫近交卷的时候。夜雨潇潇地下着，提起笔，忽而又想到用麻绳做腰带的困苦的陶焕卿，还夹杂些和《何典》不相干的思想。但序文已经迫近了交卷的时候，只得写出来，而且还要印上去。我并非将半农比附"乱党"，——现在的中华民国虽由革命造成，但许多中华民国国民，都仍以那时的革命者为乱党，是明明白白的，——不过说，在此时，使我回忆从前，念及几个朋友，并感到自己的依然无力而已。

　　但短序总算已经写成，虽然不像东西，却究竟结束了一件事。我还将此时的别的心情写下，并且发表出去，也作为《何典》的广告。

　　　　五月二十五日之夜，碰着东壁下，书。

白莽作《孩儿塔》序

春天去了一大半了,还是冷;加上整天的下雨,淅淅沥沥,深夜独坐,听得令人有些凄凉,也因为午后得到一封远道寄来的信,要我给白莽的遗诗写一点序文之类;那信的开首说道:"我的亡友白莽,恐怕你是知道的罢。……"——这就使我更加惆怅。

说起白莽来,——不错,我知道的。四年之前,我曾经写过一篇《为忘却的记念》,要将他们忘却。他们就义了已经足有五个年头了,我的记忆上,早又蒙上许多新鲜的血迹;这一提,他的年青的相貌就又在我的眼前出现,像活着一样,热天穿着大棉袍,满脸油汗,笑笑的对我说道:"这是第三回了。自己出来的。前两回都是哥哥保出,他一保就要干涉我,这回我不去通知他了。……"——我前一回的文章上是猜错的,这哥哥才是徐培根,航空署长,终于和他成了殊途同归的兄弟;他却叫徐白,较普通的笔名是殷夫。

一个人如果还有友情,那么,收存亡友的遗文真如捏着一团火,常要觉得寝食不安,给它企图流布的。这心情我很了然,也知道有做序文之类的义务。我所惆怅的是我简直不懂诗,也没有诗人的朋友,偶尔一有,也终至于闹开,不过和白莽没有闹,也许是他死得太快了罢。现在,对于他的诗,我一句也不说——因为我不能。

这《孩儿塔》的出世并非要和现在一般的诗人争一日之长,是有别一种意义在。这是东方的微光,是林中的响箭,是冬末的萌芽,是进军的第一步,是对于前驱者的爱的大纛,也是对于摧残者的憎的丰碑。一切所谓圆熟简练,静穆幽远之作,都无须来作比方,因为这诗属于别一世界。

那一世界里有许多许多人,白莽也是他们的亡友。单是这一点,我想,就足够保证这本集子的存在了,又何需我的序文之类。

一九三六年三月十一夜,鲁迅记于上海之且介亭。

导师

近来很通行说青年；开口青年，闭口也是青年。但青年又何能一概而论？有醒着的，有睡着的，有昏着的，有躺着的，有玩着的，此外还多。但是，自然也有要前进的。

要前进的青年们大抵想寻求一个导师。然而我敢说：他们将永远寻不到。寻不到倒是运气；自知的谢不敏，自许的果真识路么？凡自以为识路者，总过了"而立"之年，灰色可掬了，老态可掬了，圆稳而已，自己却误以为识路。假如真识路，自己就早进向他的目标，何至于还在做导师。说佛法的和尚，卖仙药的道士，将来都与白骨是"一丘之貉"，人们现在却向他听生西的大法，求上升的真传，岂不可笑！

但是我并非敢将这些人一切抹杀；和他们随便谈

谈,是可以的。说话的也不过能说话,弄笔的也不过能弄笔;别人如果希望他打拳,则是自己错。他如果能打拳,早已打拳了,但那时,别人大概又要希望他翻筋斗。

有些青年似乎也觉悟了,我记得《京报副刊》征求青年必读书时,曾有一位发过牢骚,终于说:只有自己可靠!我现在还想斗胆转一句,虽然有些杀风景,就是:自己也未必可靠的。

我们都不大有记性。这也无怪,人生苦痛的事太多了,尤其是在中国。记性好的,大概都被厚重的苦痛压死了;只有记性坏的,适者生存,还能欣然活着。但我们究竟还有一点记忆,回想起来,怎样的"今是昨非"呵,怎样的"口是心非"呵,怎样的"今日之我与昨日之我战"呵。我们还没有正在饿得要死时于无人处见别人的饭,正在穷得要死时于无人处见别人的钱,正在性欲旺盛时遇见异性,而且很美的。我想,大话不宜讲得太早,否则,倘有记性,将来想到时会脸红。

或者还是知道自己之不甚可靠者,倒较为可靠罢。

青年又何须寻那挂着金字招牌的导师呢?不如寻朋友,联合起来,同向着似乎可以生存的方向走。

你们所多的是生力,遇见深林,可以辟成平地的,遇见旷野,可以栽种树木的,遇见沙漠,可以开掘井泉的。问什么荆棘塞途的老路,寻什么乌烟瘴气的鸟导师!

       五月十一日。

北京通信

蕴儒,培良两兄:

昨天收到两份《豫报》,使我非常快活,尤其是见了那《副刊》。因为它那蓬勃的朝气,实在是在我先前的豫想以上。你想:从有着很古的历史的中州,传来了青年的声音,仿佛在豫告这古国将要复活,这是一件如何可喜的事呢?

倘使我有这力量,我自然极愿意有所贡献于河南的青年。但不幸我竟力不从心,因为我自己也正站在歧路上,——或者,说得较有希望些:站在十字路口。站在歧路上是几乎难于举足,站在十字路口,是可走的道路很多。我自己,是什么也不怕的,生命是我自己的东西,所以我不妨大步走去,向着我自以为可以走去的路;即使前面是深渊,荆棘,狭谷,火坑,都由我自己负责。然而向青年说话可就难了,如果盲人瞎马,引入危途,我就该得谋杀许多人命的罪孽。

所以,我终于还不想劝青年一同走我所走的路;我们的年龄,境遇,都不相同,思想的归宿大概总不能一致的罢。但倘若一定要问我青年应当向怎样的目标,那么,我只可以说出我为别人设计的话,就是:一要生存,二要温饱,三要发展。有敢来阻碍这三事者,无论是谁,我们都反抗他,扑灭他!

可是还得附加几句话以免误解,就是:我之所谓生存,并不是苟活;所谓温饱,并不是奢侈;所谓发展,也不是放纵。

中国古来,一向是最注重于生存的,什么"知命者不立于岩墙之下"咧,什么"千金之子坐不垂堂"咧,什么"身体发肤受之父母不敢毁伤"咧,竟有父母愿意儿子吸鸦片的,一吸,他就不至于到外面去,有倾家荡产之虞了。可是这一流人家,家业也决不能长保,因为这是苟活。苟活就是活不下去的初步,所以到后来,他就活不下去了。意图生存,而太卑怯,结果就得死亡。以中国古训中教人苟活的格言如此之多,而中国人偏多死亡,外族偏多侵入,结果适得其反,可见我们蔑弃古训,是刻不容缓的了。这实在是无可奈何,因为我们要生活,而且不是苟活的缘故。

中国人虽然想了各种苟活的理想乡,可惜终于没有实现。但我却替他们发见了,你们大概知道的罢,就是北京的第一监狱。这监狱在宣武门外的空地里,不怕邻家的火灾;每日两餐,不虑冻馁;起居有定,不会伤生;构造坚固,不会倒塌;禁卒管着,不会再犯罪;强盗是决不会来抢的。住在里面,何等安全,真真是"千金之子坐不垂堂"了。但阙少的就有一件事:自由。

古训所教的就是这样的生活法,教人不要动。不动,失错当然就较少了,但不活的岩石泥沙,失错不是更少么? 我以为人类为向上,即发展起见,应该活动,活动而有若干失错,也不要紧。惟独半死半生的苟活,是全盘失错的。因为他挂了生活的招牌,其实却引人到死路上去!

我想,我们总得将青年从牢狱里引出来,路上的危险,当然是有的,但这是求生的偶然的危险,无从逃避。想逃避,就须度那古人所希求的第一监狱式生活了,可是真在第一监狱里的犯人,都想早些释放,虽然外面并不比狱里安全。

北京暖和起来了;我的院子里种了几株丁香,活了;还有两株榆叶梅,至今还未发芽,不知道他是否活着。

昨天闹了一个小乱子,许多学生被打伤了;听说还有死的,我不知道确否。其实,只要听他们开会,结果不过是开会而已,因为加了强力的迫压,遂闹出开会以上的事来。俄国的革命,不就是从这样的路径出发的么?

夜深了,就此搁笔,后来再谈罢。

鲁迅。五月八日夜。

19290322 致韦素园

素园兄：

二月十五日给我的信，早收到了。还记得先前有一封信未复。因为信件多了，一时无从措手，一懒，便全部懒下去了。连几个熟朋友的信，也懒在内，这是很对不起的，但一半也因为各种事情曲折太多，一时无从说起。

关于 Gorki 的两条，我想将来信摘来登在《奔流》十期上。那纪念册不知道见了没有，我想，看看不妨，译是不可的。即如你所译的卢氏论托尔斯泰那篇，是译起来很费力的硬性文字——这篇我也曾从日文重译，给《春潮》月刊，但至今未印出——我想你要首先使身体好起来，倘若技痒，要写字了，至多也只好译译《黄花集》上所载那样的短文。

我所译的 T.iM,篇幅并不多,日译是单行本,但我想且不出它。L.还有一篇论 W.Hausenstein 的,觉得很好,也许将来译它出来,并出一本。

上海的市民是在看《开天辟地》(现在已到"尧皇出世"了)和《封神榜》这些旧戏,新戏有《黄慧如产后血崩》(你看怪不怪?),有些文学家是在讲革命文学。对于 Gorky,去年似乎有许多人要译他的著作,现在又不听见了,大约又冷下去了。

你说《奔流》绍介外国文学不错,我也是这意思,所以每期总要放一两篇论文。但读者却最讨厌这些东西,要看小说,看下去很畅快的小说,不费心思的。所以这里有些书店,已不收翻译的稿子,创作倒很多。不过不知怎地,我总看不下去,觉得将这些工夫,去看外国作品,所得的要多得多。

我近来总是忙着看来稿,翻译,校对,见客,一天都被零碎事化去了。经济倒还安定的,自从走出北京以来,没有窘急过。至于"新生活"的事,我自己是川岛到厦门以后,才听见的。他见我一个人住在高楼上,很骇异,听他的口气,似乎是京沪都在传说,说我携了密斯许同住于厦门了。那时我很愤怒。但也随他们去罢。其实呢，异性，我是爱的，但我一向不敢，因为我自己明白各种缺点，深恐辱没了对手。然而一到爱起来，气起来，是什么都不管的。后来到广东，将这些事对密斯许说了，便请她住在一所屋子里——但自然也还有别的人。前年来沪，我也劝她同来了，现就住在上海，帮我做点校对之类的事——你看怎样，先前大放流言的人们，也都在上海，却反而哑口无言了，这班孱头，真是没有骨力。

但是，说到这里为止，疑问之处尚多，恐怕大家都还是难于"十分肯定"的，不过我且说到这里为止罢，究竟如何，且听下回分解罢。

不过我的"新生活"，却实在并非忙于和爱人接吻，游公园，而苦于终日伏案写字，晚上是打牌声，往往睡不着，所以又很想变换变换了，不过也无处可走，大约总还是在上海。

迅　上　三月廿二夜

现在正在翻译 Lunacharsky 的一本《艺术论》，约二百页，下月底可完。

19330618 致曹聚仁

聚仁先生：

惠书敬悉。近来的事，其实也未尝比明末更坏，不过交通既广，智识大增，所以手段也比较的绵密而且恶辣。然而明末有些士大夫，曾捧魏忠贤入孔庙，被以衮冕，现在却还不至此，我但于胡公适之之侃侃而谈，有些不觉为之颜厚有忸怩耳。但是，如此公者，何代蔑有哉。

渔仲亭林诸公，我以为今人已无从企及，此时代不同，环境所致，亦无可奈何。中国学问，待从新整理者甚多，即如历史，就该另编一部。古人告诉我们唐如何盛，明如何佳，其实唐室大有胡气，明则无赖儿郎，此种物件，都须褫其华衮，示人本相，庶青年不再乌烟瘴气，莫名其妙。其他如社会史，艺术史，赌博史，娼妓史，文祸史……都未有人著手。然而又怎能著手？居今之世，纵使在决堤灌水，飞机掷弹范围之外，也难得数年粮食，一屋图书。我数年前，曾拟编中国字体变迁史及文学史稿各一部，先从作长编入手，但即此长编，已成难事，剪取欤，无此许多书，赴图书馆抄录欤，上海就没有图书馆，即有之，一人无此精力与时光，请书记又有欠薪之惧，所以直到现在，还是空谈。现在做人，似乎只能随时随手做点有益于人之事，倘其不能，就做些利己而不损人之事，又不能，则做些损人利己之事。只有损人而不利己的事，我是反对的，如强盗之放火是也。

知识分子以外，现在是不能有作家的，戈理基虽称非知识阶级出身，其实他看的书很不少，中国文字如此之难，工农何从看起，所以新的文学，只能希望于好的青年。十余年来，我所遇见的文学青年真也不少了，而希奇古怪的居多。最大的通病，是以为因为自己是青年，所以最可贵，最不错的，待到被人驳得无话可说的时候，他就说是因为青年，当然不免有错误，该当原谅的了。而变化也真来得快，三四年中，三翻四覆的，你看有多少。

古之师道,实在也太尊,我对此颇有反感。我以为师如荒谬,不妨叛之,但师如非罪而遭冤,却不可乘机下石,以图快敌人之意而自救。太炎先生曾教我小学,后来因为我主张白话,不敢再去见他了,后来他主张投壶,心窃非之,但当国民党要没收他的几间破屋,我实不能向当局作媚笑。以后如相见,仍当执礼甚恭(而太炎先生对于弟子,向来也绝无傲态,和蔼若朋友然),自以为师弟之道,如此已可矣。

今之青年,似乎比我们青年时代的青年精明,而有些也更重目前之益,为了一点小利,而反噬构陷,真有大出于意料之外者,历来所身受之事,真是一言难尽,但我是总如野兽一样,受了伤,就回头钻入草莽,舐掉血迹,至多也不过呻吟几声的。只是现在却因为年纪渐大,精力就衰,世故也愈深,所以渐在回避了。

自首之辈,当分别论之,别国的硬汉比中国多,也因为别国的淫刑不及中国的缘故。我曾查欧洲先前虐杀耶稣教徒的记录,其残虐实不及中国,有至死不屈者,史上在姓名之前就冠一"圣"字了。中国青年之至死不屈者,亦常有之,但皆秘不发表。不能受刑至死,就非卖友不可,于是坚卓者无不灭亡,游移者愈益堕落,长此以往,将使中国无一好人,倘中国而终亡,操此策者为之也。

此复,并颂

著祺

鲁迅　启上　六月十八夜。

19330929 致山本初枝

　　拜启：久疏问候。谢谢你日前送给孩子各色礼物。今天又拜领《明日》第五期，增田君在上面大发议论，不过对我未免过奖了。也许因为太熟悉了罢。上海连日阴天，大雨、大风，前天才放晴。政情依然是白色恐怖，但并无目的，全是为恐怖而恐怖。内山书店经常去，但不是每天，漫谈的人材也寥若晨星，令人感到寂寞。我依旧被论敌攻击，去年以前说我拿俄国卢布，但现在又有人在杂志上写文章，说我通过内山老板之手，将秘密出卖给日本，拿了很多钱。我不去更正。过一年自然又会消失的。但是，在中国的所谓论敌中有那么卑劣的东西存在，实在言语道断也。我们均好。我较前更清闲了，或许比前年胖了些。孩子偶尔还患感冒，但已较前几年结实多了。在家太闹，送进了幼稚园。但去了三四天,说先生不好,又不肯去。最近每天让他到野外去。我看那个先生也不好,抹了满脸脂粉,还是很难看。总之上海是寂寞的。本想去北京,但自今年起,北京也在白色恐怖中,据说最近两三个月就捕了三百多人。所以,暂时恐怕还住在上海。

　　草草顿首

山本夫人几下

　　　　　　　　　　　　　鲁迅　九月廿九夜

19340723 致山本初枝

拜启：托了大风尾巴的福，两三天来上海已颇凉爽。我们都平安，痱子也去向不明了。《阵中竖琴》是预订的，已于一周前寄到。书很漂亮，倘我对和歌懂得多一些，恐怕就更有趣了。这样的军医先生，现在在日本也寥寥无几罢。上月曾很想到日本的长崎等处去，终因种种事情而作罢。上海酷暑，西洋人似乎很多去了日本，一时赴日旅行成了摩登之举。明年去罢。男孩子不知为何大多欺负妈妈，我们的孩子也是这样；非但不听妈妈的话，还常常反抗。及至我也跟着一道说他，他反倒觉得奇怪："为什么爸爸这样支持妈妈呢？"增田一世久无音讯。内山老板依然很忙，正拼命写漫谈，并寄出去。

山本夫人几下

鲁迅　拜　七月二十三夜

19340607 致增田涉

惠函与玉照均收到。我并不觉得尊容特别可怕。盖其比较,须以家居时期照片与寄宿时期照片来做,而你抵沪后已进入苦恼时期,故在我眼中看来,并无那么不同。

两次寄上《小说史略》的订正,未知收到否？近来有不少新发现,颇有尚须订正之处,但没有心思继续研究,就姑且那样罢。

上海的景象和漫谈,两者都较萧条,我大抵闷在家里多。恐怖甚剧,但无恐怖规则,就使人当作一种意外灾害,反而变得不可怕了。曾经打算夏季带孩子到长崎去洗洗海水浴,又作罢了。于是暂时仍在上海。

我们都好,只有那位"海婴氏"颇为淘气,总是搅扰我的工作,上月起就把他当作敌人看待了。

《引玉集》的印刷所是东京的洪洋社。

增田兄几下

洛文　上　六月七夜

19341112 致萧军、萧红

刘、悄两位先生：

七日信收到。首先是称呼问题。中国的许多话，要推敲起来，不能用的多得很，不过因为用滥了，意义变成含糊，所以也就这么敷衍过去。不错，先生二字，照字面讲，是生在较先的人，但如这么认真，则即使同年的人，叫起来也得先问生日，非常不便了。对于女性的称呼更没有适当的，悄女士在提出抗议，但叫我怎么写呢？悄婶子，悄姊姊，悄妹妹，悄侄女……都并不好，所以我想，还是夫人太太，或女士先生罢。现在也有不用称呼的，因为这是无政府主义者式，所以我不用。

稚气的话，说说并不要紧，稚气能找到真朋友，但也能上人家的当，受害。上海实在不是好地方，固然不必把人们都看成虎狼,但也切不可一下子就推心置腹。

以下是答问——

一、我是赞成大众语的,《太白》二期所录华圉作的《门外文谈》,就是我做的。

二、中国作家的作品,我不大看,因为我不弄批评;我常看的是外国人的小说或论文,但我看书的工夫也很有限。

三、没有,大约此后一时也不会有,因为不许出版。

四、出过一本《南腔北调集》,早被禁止。

五、蓬子转向;丁玲还活着,政府在养她。

六、压迫的,因为他们自己并不统一,所以办法各处不同,上海较宽,有些地方,有谁寄给我信一被查出,发信人就会危险。书是常常被邮局扣去的,外国寄来的杂志,也常常收不到。

七、难说。我想,最好是抄完后暂且不看,搁起来,搁一两月再看。

八、也难说。青年两字,是不能包括一类人的,好的有,坏的也有。但我觉得虽是青年,稚气和不安定的并不多,我所遇见的倒十之七八是少年老成的,城府也深,我大抵不和这种人来往。

九、没有这种感觉。

我的确当过多年先生和教授,但我并没有忘记我是学生出身,所以并不管什么规矩不规矩。至于字,我不断的写了四十多年了,还不该写得好一些么?但其实,和时间比起来,我是要算写得坏的。

此复,即请

俪安。

迅　上　十一月十二日

↖这两个字抗议不抗议?

19341206 致萧军、萧红

刘吟先生：

两信均收到。我知道我们见面之后，是会使你们悲哀的，我想，你们单看我的文章，不会料到我已这么衰老。但这是自然的法则，无可如何。其实，我的体子并不算坏，十六七岁就单身在外面混，混了三十年，这费力可就不小；但没有生过大病或卧床数十天，不过精力总觉得不及先前了，一个人过了五十岁，总不免如此。

中国是古国，历史长了，花样也多，情形复杂，做人也特别难，我觉得别的国度里，处世法总还要简单，所以每个人可以有工夫做些事，在中国，则单是为生活，就要化去生命的几乎全部。尤其是那些诬陷的方法，真是出人意外，譬如对于我的许多谣言，其实大部分是所谓"文学家"造的,有什么仇呢,至多不过是文章上的冲突,有些是一向毫无关系,他不过造着好玩,去年他们还称我为"汉奸",说我替日本政府做侦探。我骂他时,他们又说我器量小。

单是一些无聊事,就会化去许多力气。但,敌人是不足惧的,最可怕的是自己营垒里的蛀虫,许多事都败在他们手里。因此,就有时会使我感到寂寞。但我是还要照先前那样做事的,虽然现在精力不及先前了,也因学问所限,不能慰青年们的渴望,然而我毫无退缩之意。

《两地书》其实并不像所谓"情书",一者因为我们通信之初,实在并未有什么关于后来的豫料的;二则年龄,境遇,都已倾向了沈静方面,所以决不会显出什么热烈。冷静,在两人之间,是有缺点的,但打闹,也有弊病,不过,倘能立刻互相谅解,那也不妨。至于孩子,偶然看看是有趣的,但养起来,整天在一起,却真是麻烦得很。

你们目下不能工作,就是静不下,一个人离开故土,到一处生地方,还不发生关系,就是还没有在这土里下根,很容易有这一种情境。一个作者,离开本国后,即永不会写文章了,是常有的事。我到上海后,即做不出小说来,而上海这地方,真也不能叫人和他亲热。我看你们的现在的这种焦躁的心情,不可使它发展起来,最好是常到外面去走走,看看社会上的情形,以及各种人们的脸。

以下答问——

1. 我的孩子叫海婴,但他大起来,自己要改的,他的爸爸,就连姓都改掉了。阿菩是我的第三个兄弟的女儿。

2. 会是开成的,费了许多力;各种消息,报上都不肯登,所以在中国很少人知道。结果并不算坏,各代表回国后都有报告,使世界上更明？了中国的实情。我加入的。

3.《君山》我这里没有。

4.《母亲》也没有。这书是被禁止的,但我可以托人去找一找。《没落》我未见过。

5.《两地书》我想东北是有的,北新书局在寄去。

6. 我其实是不喝酒的;只在疲劳或愤慨的时候,有时喝一点,现在是绝对不喝了,不过会客的时候,是例外。说我怎样爱喝酒,也是"文学家"造的谣。

7. 关于脑膜炎的事,日子已经经过许久了,我看不必去更正了罢。

我们有了孩子以后,景宋几乎和笔绝交了,要她改稿子,她是不敢当的。但倘能出版,则错字和不妥处,我当负责改正。

你说文化团体,都在停滞——无政府状态中……,一点不错。议论是有的,但大抵是唱高调,其实唱高调就是官僚主义。我的确常常感到焦烦,但力所能做的,就做,而又常常有"独战"的悲哀。不料有些朋友们,却斥责我懒,不做事;他们昂头天外,评论之后,不知那里去了。

来信上说到用我这里拿去的钱时,觉得刺痛,这是不必要的。我固然不收一个俄国的卢布,日本的金圆,但因出版界上的资格关系,稿费总比青年作家来得容易,里面并没有青年作家的稿费那样的汗水的——用用毫不要紧。而且这些小事,万不可放在心上,否则,人就容易神经衰弱,陷入忧郁了。

来信又愤怒于他们之迫害我。这是不足为奇的,他们还能做什么别的?我究竟还要说话。你看老百姓一声不响,将汗血贡献出来,自己弄到无衣无食,他们不是还要老百姓的性命吗?

　　此复,即请

俪安。

　　　　　　　　　　迅　上　十二月六日

　　再:有《桃色的云》及《小约翰》,是我十年前所译,现在再版印出来了,你们两位要看吗?望告诉我。　　又及

19350104 致萧军、萧红

刘吟先生：

二日的信，四日收到了，知道已经搬了房子，好极好极，但搬来搬去，不出拉都路，正如我总在北四川路兜圈子一样。有大草地可看，在上海要算新年幸福，我生在乡下，住了北京，看惯广大的土地了，初到上海，真如被装进鸽子笼一样，两三年才习惯。新年三天，译了六千字童话，想不用难字，话也比较的容易懂，不料竟比做古文还难，每天弄到半夜，睡了还做乱梦，那里还会记得妈妈，跑到北平去呢？

删改文章的事，是必须给它发表开去的，但也犯不上制成锌板。他们的丑史多得很，他们那里有一点羞。怕羞，也不去干这样的勾当了，他们自己也并不当人看。

吟太太究竟是太太,观察没有咱们爷们的精确仔细。少说话或多说闲谈,怎么会是耗子躲猫的方法呢?我就没有见过猫整天的在咪咪的叫的,除了春天的或一时期之外。猫比老鼠还要沈默。春天又作别论,因为它们另有目的。平日,它总是静静的听着声音,伺机搏击,这是猛兽的方法。自然,它决不和耗子讲闲话的,但耗子也不和猫讲闲话。

你所遇见的人,是不会说我怎样坏的,敌对或侮蔑的意思,我相信也没有。不过"太不留情面"的批评是绝对的不足为训的。如果已经开始笔战了,为什么要留情面?留情面是中国文人最大的毛病。他以为自己笔下留情,将来失败了,敌人也会留情面。殊不知那时他是决不留情面的。做几句不痛不痒的文章,还是不做好。

而且现在的批评家,对于"骂"字也用得非常之模胡。由我说起来,倘说良家女子是婊子,这是"骂",说婊子是婊子,就不是骂。我指明了有些人的本相,或是婊子,或是叭儿,它们却真的是婊子或叭儿,所以也决不是"骂"。但论者却一概谓之"骂",岂不哀哉。

至于检查官现在这副本领,是毫不足怪的,他们也只有这种本领。但想到所谓文学家者,原是应该自己会做文章的,他们却只会禁别人的文章,真不免好笑。但现在正是这样的时候,不是救国的非英雄,而卖国的倒是英雄吗?

考察上海一下,是很好的事,但我举不出相宜的同伴,恐怕还是自己看看好罢,大约通过一两回,是没有什么的。不过工人区域里却不宜去,那里狗多,有点情形不同的人走过,恐怕它就会注意。

近来文字的压迫更严,短文也几乎无处发表了。看看去年所作的东西,又有了短评和杂论各一本,想在今年内印它出来,而新的文章,就不再做,这几年真也够吃力了。近几时我想看看古书,再来做点什么书,把那些坏种的祖坟刨一下。

过了一年,孩子大了一岁,但我也大了一岁,这么下去,恐怕我就要打不过他,革命也就要临头了。这真是叫作怎么好。

专此布达,并请

俪安

迅　上　广附笔问候　一月四日

19350319 致萧军

萧军兄：

十八日信收到。那一篇译稿，是很流畅的，不过这故事先就是流畅的故事，不及上一回的那篇沈闷。那一篇我已经寄给《译文》了。

这回孩子给沸水烫伤，其实倒是太阔气了的缘故，并非没有人管，是有人而不管他。寓里原有一个管领他的老妈子，她这几天因为要去求神拜佛，访友探亲，便找了一个替工。那天是她们俩都在的，不过她以为有替工在，替工以为有她在，就两个都不管，任凭孩子奔进厨房去捣乱，弄伤了脚。孩子也太淘气，一不留意，他就乱钻，跑得很快，人家有时也实在追不上。痛一下子也好，我实在看得麻烦极了，痛的经验是应该有一点的，但我立刻给敷了药，恐怕也不怎么痛，现在肿已退，再有十天总可以走得路，只要好后没有疤痕,我的责任算是尽了。

这孩子也不受委屈,虽然还没有发明"屁股温冰法"(上海也无冰可温),但不肯吃饭之类的消极抵抗法,却已经有了的。这时我也往往只好对他说几句好话,以息事宁人。我对别人就从来没有这样屈服过。如果我对父母能够这样,那就是一个孝子,可上"二十五孝"的了。

《准风月谈》已经卖完了,再版三四天内可以印好;《集外集》我还没有见过,大约还未出版罢,等我都有了,当通知你,并《南腔北调集》一并交付。先前还有一本《伪自由书》,您可有吗?

这几天在给《译文》译东西,不久,我的母亲大约要来了,会令我连静静的写字的地方也没有。中国的家族制度,真是麻烦,就是一个人关系太多,许多时间都不是自己的。

因为静不下,就更不能写东西,至多,只好译一点什么,我的今年,大约也要成为"翻译年"的了。

专此布复,即请
俪安。

豫　上　三月十九夜

19350607 致萧军

刘军兄：

二,五两日的信,都收到了。但大约只能草草作复。不知怎的,总是忙,因为有几种刊物,是不能不给以支持的,但有检查,所以要做得含蓄,又要不十分无聊,这正如带了镣铐的进军,你想,怎能弄得好,又怎能不出一身大汗,又怎能不仍然出力不讨好。

《文学》上所登的广告,关于我的几点,是未经我的同意的,这不过是一种"商略",但我不赞成这样的办法。启事也已看过,这好像"官样",乃由于含胡。例如以《文学》的投稿之多,是应该有多人阅看,退还的,但店中不肯多用人,这一层编辑者不好明说,而实则管不过来；近来又有新命令,是不妥之稿,一律没收,但出版者又不肯多化钱,都排印了送检,所以此后的稿子,必有一部份被扣留,不能退还,但这是又不准明说的。以上两种,就足使编辑者只得吞吞吐吐,打一下官话了。但在不知内情的读者和投稿者,是要发生反感的,可又不能说明内情,这是编辑者的失败,也足见新近压迫法之日见巧妙。我看这种事情,还要层出不穷。

金人的译稿给天马去印,我当然赞成的,也许前信已经说过,《罪与罚》大约未必能登出来;至于翻译界的情形,我不能写了,实在没有工夫。

万古蟾这人,我不认识,你应否和他会会,我无意见。

叶的稿子,交出去了,因为我无暇,由编者去改。他前信说不必大改,因为官们未必记得,是不对的,这是"轻敌",最容易失败。《丰收》才去算过不久,现在卖得很少。

那边的文学团体复活,是极好的,不过我恐怕不能出什么力,因为在这里的事情,已经足够了。而且体力也一天一天的不济。

《新小说》的稿费单,尚未送来。

这几天刚把《译文》的稿子弄完,在做《文学》上的

"论坛"了,从明天起,就译《死魂灵》,虽每期不过三万字左右,却非化两礼拜时光不可。现在很有些读者,在公开的攻击刊物多登"已成作家"的东西,而我却要这样拼命,连玩一下的功夫也没有,来支持几种刊物。想到这里,真有些灰心。倘有别事可做,真想改行了,不受骂,又能玩,岂不好吗?

寓中都好。孩子也好了,但他大了起来,越加捣乱,出去,就惹祸,我已经受了三家邻居的警告,——但自然,这邻居也是擅长警告的邻居。但在家里,却又闹得我静不下,我希望他快过二十岁,同爱人一起跑掉,那就好了。

此布,即请

俪安。

豫　上　六月七日

19351004 致萧军

刘兄：

一日的信收到两天了。对于《译文》停刊事，你好像很被激动，我倒不大如此，平生这样的事情遇见的多，麻木了，何况这还是小事情。但是，要战斗下去吗？当然，要战斗下去！无论它对面是什么。

黄先生当然以不出国为是，不过我不好劝阻他。一者，我不明白他一生的详细情形，二者，他也许自有更远大的志向，三者，我看他有点神经质，接连的紧张，是会生病的——他近来较瘦了——休息几天，和太太会会也好。

丛书和月刊，也当然，要出下去。丛书的出版处，已经接洽好了，月刊我主张找别处出版，所以还没有头绪。倘二者一处出版，则资本少的书店，会因此不能活动,两败俱伤。德国腓立大帝的"密集突击",那时是会打胜仗的,不过用于现在,却不相宜,所以我所采取的战术,是:散兵战,堑壕战,持久战——不过我是步兵,和你炮兵的法子也许不见得一致。

《死魂灵》已于上月底交去第十一章译稿,第一部完了,此书我不想在《世界文库》上中止,这是对于读者的道德,但自然,一面也受人愚弄。不过世事要看总账,到得总结的时候,究竟还是他愚弄我呢,还是愚弄了自己呢,却不一定得很。至于第二部(原稿就是不完的)是否仍给他们登下去,我此时还没有决定。

现在正在赶译这书的附录和序文,连脖子也硬的不大能动了,大约二十前后可完,一面已在排印本文,到下月初,即可以出版。这恐怕就是丛书的第一本。

至于我的先前受人愚弄呢,那自然;但也不是第一次了,不过在他们还未露出原形,他们做事好像还于中国有益的时候,我是出力的。这是我历来做事的主意,根柢即在总账问题。即使第一次受骗了,第二次也有被骗的可能,我还是做,因为被人偷过一次,也不能疑心世界上全是偷儿,只好仍旧打杂。但自然,得了真赃实据之后,又是一回事了。

那天晚上,他们开了一个会,也来找我,是对付黄先生的,这时我才看出了资本家及其帮闲们的原形,那专横,卑劣和小气,竟大出于我的意料之外,我自己想,虽然许多人都说我多疑,冷酷,然而我的推测人,实在太倾于好的方面了,他们自己表现出来时,还要坏得远。

以下答家常话:

孩子到幼稚园去,还愿意,但我怕他说江苏话,江苏话少用 N 音结末,譬如"三",他们说 See,"南",他们说 Nee,我实在不爱听。他一去开,就接连的要去;礼拜天休息一天,第二天就想逃学——我看他也不像肯用功的人。

我们都好的,我比较的太少闲工夫,因此就有时发牢骚,至于生活书店事件,那倒没有什么,他们是不足道的,我们只要干自己的就好。

昨天到巴黎大戏院去看了《黄金湖》,很好,你们看了没有? 下回是罗曼谛克的《暴帝情鸳》,恐怕也不坏,我与其看美国式的发财结婚影片,宁可看《天方夜谈》一流的怪片子。

  专此布复,并颂

俪安。

豫　上　十月四日

19261029 致李霁野

霁野兄：

　　十四日的来信，昨天收到了，走了十五天。《坟》的封面画，自己想不出，今天写信托陶元庆君去了，《黑假面人》的也一同托了他。近来我对于他有些难于开口，因为他所作的画，有时竟印得不成样子，这回《彷徨》在上海再版，颜色都不对了，这在他看来，就如别人将我们的文章改得不通一样。

　　为《莽原》，我本月中又寄了三篇稿子，想已收到。我在这里所担的事情太繁，而且编讲义和作文是不能并立的，所以作文时和作了以后，都觉无聊与苦痛。稿子既然这样少，长虹又在捣乱见上海出版的《狂飙》，我想：不如至廿四期止，就停刊，未名社就专印书籍。一点广告，大约《语丝》还不至于拒绝罢。据长虹说，似乎《莽原》便是《狂飙》的化身，这事我却到他说后才知道。我并不希罕"莽原"这两个字,此后就废弃它。《坟》也不要称《莽原丛刊》之一了。至于期刊,则我以为有两法,一,从明年一月起,多约些做的人,改名另出,以免什么历史关系的牵扯,倘做的人少,就改为月刊,但稿须精选,至于名目,我想,"未名"就可以。二,索性暂时不出,待大家有兴致做的时候再说。《君山》单行本也可以印了。

这里就是不愁薪水不发。别的呢,交通不便,消息不灵,上海信的往来也需两星期,书是无论新旧,无处可买。我到此未及两月,似乎住了一年了,文字是一点也写不出。这样下去是不行的,所以我在这里能多久,也不一定。

《小约翰》还未动手整理,今年总没工夫了,但陶元庆来信,却云已准备给我画封面。

总之,薪水与创作,是势不两立的。要创作,还是要薪水呢?我现在一时还决不定。

此信不要发表。

迅 上 十,二九,夜

《坟》的序言,将来当做一点寄上。

(此信的下面,自己拆过了重封的。)

19261123 致李霁野

霁野兄：

十四日发出的快信，今天收到了，比普通的信要迟一天。因为这里只有一个邮政代办处，不分送，要我们自己去留心。一批信到，他就将刊物和平常信塞在玻璃柜内，给各人自己拿去。这才慢慢地将宝贵的——包裹，挂号信，快信——一批在房里打开，一张一张写通知票，将票又塞在玻璃柜内，我们见票，取了印章去取信，所以凡是快信，一定更慢，外边不知道这情形，时常上当的。

《莽原丛刊》，我想改作《未名新集》；《坟》不在内，独立，如《中国小说史略》一般。该集以《君山》为第一部。至于半月刊，我想，应以你们为中坚，如大家都有兴趣，或译或作，就办下去，半依，沅君们的帮忙，都不能作为基本的。至于我,却很难说,因为仍不能用功,我确拟于年底离开这里。这里是死海一样,不愁没饭吃,而令人头痛之事常有,往往反而不想吃饭,宁可走开。此后之生活状态如何,此时实难豫测,大约总是仍不能关起门来用功的。我现在想,一月一回,该可以作,因为倘没有文思,做出来也是无聊的东西,如近来这几月,就是如此。

你们青年且上一年阵试试看,卖不去也不要紧,就印千五百,倘再卖不去,就印一千,五百,再卖不去,关门未迟。如果以为如此不妥,那就停刊罢。

倘不停,我想名目也不必改了,还是《莽原》。《莽原》究竟不是长虹家的。我看他《狂飙》第五期上的文章,已经堕入黑幕派了,已无须客气。我已作了一个启事,寄《北新》,《新女性》,《语丝》,《莽原》,和他开一个小玩笑。

《莽原》的合本,我以为最好至廿四期出全了,一齐发卖。

"圣经"两字,使人见了易生反感,我想就分作两份,称"旧约"及"新约"的故事,何如?

六斤家只有这一个钉过的碗,钉是十六或十八,我也记不清了。总之两数之一是错的,请改成一律。记得七斤曾说用了若干钱,将钱数一算,就知道是多少钉。倘其中没有七斤口述的钱数(手头无书,记不清了),则都改十六或十八均可。

关于《创世纪》的作者,随他错去罢,因为是旧稿。人猿间确没有深知道连锁,这位 Haeckel 博士一向是常不免"以意为之"的。

陶元庆君来信言《坟》的封面已寄出但未到,嘱我看后寄给钦文。用三色版印,钦文于校三色板多有经验,我想就托他帮忙罢。只要知道这书大约多少厚,便可以付京华印书面。

迅　十一月二十三日

19350419 致唐弢

唐弢先生：

初学外国语，教师的中国话或中国文不高明，于学生是很吃亏的。学生如果要像小孩一样，自然而然的学起来，那当然不要紧，但倘是要知道外国的那一句，就是中国的那一句，则教师愈会比较，就愈有益处。否则，发音即使准确，所得的每每不过一点皮毛。

日本的语文是不合一的，学了语，看不懂文。但实际上，现在的出版物，用"文"写的几乎已经没有了，所以除了要研究日本古文学以外，只学语就够。

言语上阶级色采，更重于日本的，世界上大约未必有了。但那些最大敬语，普通也用不著，因为我们决不会去和日本贵族交际；不过对于女性，话却还是说得客气一点的。至于书籍，则用的语法都简单，很少有"御座リマス"之类。

清朝的史书,我没有留心,说不出什么好。大约萧一山的那一种,是说了一个大略的。还有夏曾佑做过一部历史教科书,我年青时看过,觉得还好,现在改名《中国古代史》了,两种皆商务印书〔馆〕版。《清代文字狱档》系北平故宫博物院分册出版,每册五角,已出八册,但不知上海可有代售处。

肯印杂感一类文字的书,现在只有两处。一是芒种社,但他们是一个钱也没有的。一是生活书店,前天恰巧遇见傅东华先生,和他谈起,他说给他看一看。所以先生的稿子,请直接寄给他罢(环龙路新明邨六号文学社)。

专此布复,即颂
时绥。

迅　上　四月十九日

19350826 致唐弢

唐弢先生：

廿五日函奉到；以前并没有收到信，大约是遗失了。

审查诸公的删掉关于我的文章，为时已久，他们是想把我的名字从中国驱除，不过这也是一种颇费事的工作。

有书出版，最好是两面订立合同，再由作者付给印证，帖在每本书上。但在中国，两样都无用，因为书店破约，作者也无力使其实行，而运往外省的书不帖印花，作者也无从知道，知道了也无法，不能打官司。我和天马的交涉，是不立合同，只付印证。

豫支版税，並[普]通是每千字一元；广告方面，完全由书店负责。

　　专此布复,顺颂

时绥。

　　　　　　　　　　　迅　上　八月廿六日

19360402 致颜黎民

颜黎民君：

三月廿七日的信，我收到了，虽然也转了几转，但总算很快。

我看你的爹爹，人是好的，不过记性差一点。他自己小的时候，一定也是不喜欢关在黑屋子里的，不过后来忘记那时的苦痛了，却来关自己的孩子。但以后该不再关你了罢；随他去罢。我希望你们有记性，将来上了年纪，不要再随便打孩子。不过孩子也会有错处的，要好好的对他说。

你的六叔更其好，一年没有信息，使我心里有些不安。但是他太性急了一些，拿我的那些书给不到二十岁的青年看，是不相宜的，要上三十岁，才很容易看懂。不过既然看了，我也不必再说什么。你们所要的两本书,我已找出,明天当托书店挂号寄上,并一本《表》,一本杂志。杂志的内容,其实也并没有什么可怕,但官的胆子总是小,做事总是凶的,所以就出不下去了。

还有一本《引玉集》,是木刻画,只因为是我印的,所以顺便寄上,可以大家看看玩玩。如果给我信,由这书末页上所写的书店转,较为妥当。

一张照相,就夹在《引玉集》的纸套里。这大约还是四五年前照着的,新的没有,因为我不大爱看自己的脸,所以不常照。现在你看,不是也好像要虐待孩子似的相貌吗?还是不要挂,收在抽屉里罢。

问我看什么书好,可使我有点为难。现在印给孩子们看的书很多,但因为我不研究儿童文学,所以没有留心;据看见过的说起来,看了无害的就算好,有些却简直是讲昏话。以后我想留心一点,如果看见好的,当再通知。但我的意思,是以为你们不要专门看文学,关于科学的书(自然是写得有趣而容易懂的)以及游记之类,也应该看看的。

新近有《译文》已经复刊,其中虽不是儿童篇篇可看,但第一本里的特载《远方》,是很好的。价钱也不贵,半年六本,一元二角,这在北平该容易买到。

还有一件小事情我告诉你:《鱼的悲哀》不是我做的,也许是我译的罢,你的先生没有分清楚。但这不关紧要,也随他去。

我很赞成你们再在北平聚两年;我也住过十七年,很喜欢北平。现在是走开了十年了,也想去看看,不过办不到,原因,我想,你们是明白的。

好了,再谈,祝
你们进步。

鲁迅　四月二夜。

19360415 致颜黎民

颜黎民君：

昨天收到十日来信，知道那些书已经收到，我也放了心。你说专爱看我的书，那也许是我常论时事的缘故。不过只看一个人的著作，结果是不大好的：你就得不到多方面的优点。必须如蜜蜂一样，采过许多花，这才能酿出蜜来，倘若叮在一处，所得就非常有限，枯燥了。

专看文学书，也不好的。先前的文学青年，往往厌恶数学，理化，史地，生物学，以为这些都无足重轻，后来变成连常识也没有，研究文学固然不明白，自己做起文章来也胡涂，所以我希望你们不要放开科学，一味钻在文学里。譬如说罢，古人看见月缺花残，黯然泪下，是可恕的，他那时自然科学还不发达，当然不明白这是自然现象。但如果现在的人还要下泪,那他就是胡涂虫。不过我向来没有留心儿童读物,所以现在说不出那些书合适,开明书店出版的通俗科学书里,也许有几种,让调查一下再说罢。

其次是可以看看世界旅行记,藉此就知道各处的人情风俗和物产。我不知道你们看不看电影;我是看的,但不看什么"获美""得宝"之类,是看关于菲洲和南北极之类的片子,因为我想自己将来未必到菲洲或南北极去,只好在影片上得到一点见识了。

说起桃花来,我在上海也看见了。我不知道你到过上海没有?北京的房屋是平铺的,院子大,上海的房屋却是直叠的,连泥土也不容易看见。我的门外却有四尺见方的一块泥土,去年种了一株桃花,不料今年竟也开起来,虽然少得很,但总算已经看过了罢。至于看桃花的名所,是龙华,也有屠场,我有好几个青年朋友就死在那里面,所以我是不去的。

我的信如果要发表,且有发表的地方,我可以同意。我们不是没有说什么不能告人的话么?如果有,既然说了,就不怕发表。

临了,我要通知你一件你疏忽了的地方。你把自己的名字涂改了,会写错自己名字的人,是很少的,所以这是告诉了我所署的是假名。还有,我看你是看了《妇女生活》里的一篇《关于小孩子》的,是不是?

  就这样的结束罢。祝

你们好。

鲁迅　四月十五夜。

辑三

《两地书》序言

这一本书,是这样地编起来的——

一九三二年八月五日,我得到霁野,静农,丛芜三个人署名的信,说漱园于八月一日晨五时半,病殁于北平同仁医院了,大家想搜集他的遗文,为他出一本纪念册,问我这里可还藏有他的信札没有。这真使我的心突然紧缩起来。因为,首先,我是希望着他能够全愈的,虽然明知道他大约未必会好;其次,是我虽然明知道他未必会好,却有时竟没有想到,也许将他的来信统统毁掉了,那些伏在枕上,一字字写出来的信。

我的习惯,对于平常的信,是随复随毁的,但其中如果有些议论,有些故事,也往往留起来。直到近三年,我才大烧毁了两次。

五年前,国民党清党的时候,我在广州,常听到因为捕甲,从甲这里看见乙的信,于是捕乙,又从乙家搜得丙的信,于是连丙也捕去了,都不知道下落。古时候有牵牵连连的"瓜蔓抄",我是知道的,但总以为这是古时候的事,直到事实给了我教训,我才分明省悟了做今人也和做古人一样难。然而我还是漫不经心,随随便便。待到一九三〇年我签名于自由大同盟,浙江省党部呈请中央通缉"堕落文人鲁迅等"的时候,我在弃家出走之前,忽然心血来潮,将朋友给我的信都毁掉了。这并非为了消灭"谋为不轨"的痕迹,不过以为因通信而累及别人,是很无谓的,况且中国的衙门是谁都知道只要一碰着,就有多么的可怕。后来逃过了这一关,搬了寓,而信札又积起来,我又随随便便了,不料一九三一年一月,柔石被捕,在他的衣袋里搜出有我名字的东西来,因此听说就在找我。自然罗,我只得又弃家出走,但这回是心血潮得更加明白,当然先将所有信札完全烧掉了。

因为有过这样的两回事,所以一得到北平的来信,我就担心,怕大约未必有,但还是翻箱倒箧的寻了一通,果然无踪无影。朋友的信一封也没有,我们自己的信倒寻出来了,这也并非对于自己的东西特别看作宝贝,倒是因为那时时间很有限,而自己的信至多也不过蔓在自身上,因此放下了的。此后这些信又在枪炮的交叉火线下,躺了二三十天,也一点没有损失。其中虽然有些缺少,但恐怕是自己当时没有留心,早经遗失,并不是由于什么官灾兵燹的。

一个人如果一生没有遇到横祸,大家决不另眼相看,但若坐过牢监,到过战场,则即使他是一个万分平凡的人,人们也总看得特别一点。我们对于这些信,也正是这样。先前是一任他垫在箱子底下的,但现在一想起他曾经几乎要打官司,要遭炮火,就觉得他好像有些特别,有些可爱似的了。夏夜多蚊,不能静静的写字,我们便略照年月,将他编了起来,因地而分为三集,统名之曰《两地书》。

这是说:这一本书,在我们自己,一时是有意思的,但对于别人,却并不如此。其中既没有死呀活呀的热情,也没有花呀月呀的佳句;文辞呢,我们都未曾研究过"尺牍精华"或"书信作法",只是信笔写来,大背文律,活该进"文章病院"的居多。所讲的又不外乎学校风潮,本身情况,饭菜好坏,天气阴晴,而最坏的是我们当日居漫天幕中,幽明莫辨,讲自己的事倒没有什么，但一遇到推测天下大事，就不免胡涂得很，所以凡有欢欣鼓舞之词，从现在看起来，大抵成了梦呓了。如果定要恭维这一本书的特色，那么，我想，恐怕是因为他的平凡罢。这样平凡的东西，别人大概是不会有，即有也未必存留的，而我们不然，这就只好谓之也是一种特色。

然而奇怪的是竟又会有一个书店愿意来印这一本书。要印，印去就是，这倒仍然可以随随便便，不过因此也就要和读者相见了，却使我又得加上两点声明在这里，以免误解。其一，是：我现在是左翼作家联盟中之一人，看近来书籍的广告，大有凡作家一旦向左，则旧作也即飞升，连他孩子时代的啼哭也合于革命文学之概，不过我们的这书是不然的，其中并无革命气息。其二，常听得有人说，书信是最不掩饰，最显真面的文章，但我也并不，我无论给谁写信，最初，总是敷敷衍衍，口是心非的，即在这一本中，遇有较为紧要的地方，到后来也还是往往故意写得含胡些，因为我们所处，是在"当地长官"，邮局，校长……，都可以随意检查信件的国度里。但自然，明白的话，是也不少的。

还有一点，是信中的人名，我将有几个改掉了，用意有好有坏，并不相同。此无他，或则怕别人见于我们的信里，于他有些不便，或则单为自己，省得又是什么"听候开审"之类的麻烦而已。

回想六七年来，环绕我们的风波也可谓不少了，在不断的挣扎中，相助的也有，下石的也有，笑骂诬蔑的也有，但我们紧咬了牙关，却也已经挣扎着生活了六七年。其间，含沙射影者都逐渐自己没入更黑暗的处所去了，而好意的朋友也已有两个不在人间，就是漱园和柔石。我们以这一本书为自己记念，并以感谢好意的朋友，并且留赠我们的孩子，给将来知道我们所经历的真相，其实大致是如此的。

一九三二年十二月十六日，鲁迅。

19250311 两地书 二

广平兄：

今天收到来信，有些问题恐怕我答不出，姑且写下去看——

学风如何，我以为是和政治状态及社会情形相关的，倘在山林中，该可以比城市好一点，只要办事人员好。但若政治昏暗，好的人也不能做办事人员，学生在学校中，只是少听到一些可厌的新闻，待到出了校门，和社会相接触，仍然要苦痛，仍然要堕落，无非略有迟早之分。所以我的意思，以为倒不如在都市中，要堕落的从速堕落罢，要苦痛的速速苦痛罢，否则从较为宁静的地方突到闹处，也须意外地吃惊受苦，而其苦痛之总量，与本在都市者略同。

学校的情形，也向来如此，但一二十年前，看去仿佛较好者,乃是因为足够办学资格的人们不很多,因而竞争也不猛烈的缘故。现在可多了,竞争也猛烈了,于是坏脾气也就彻底显出。教育界的称为清高,本是粉饰之谈,其实和别的什么界都一样,人的气质不大容易改变,进几年大学是无甚效力的。况且又有这样的环境,正如人身的血液一坏,体中的一部分决不能独保健康一样,教育界也不会在这样的民国里特别清高的。

所以,学校之不甚高明,其实由来已久,加以金钱的魔力,本是非常之大,而中国又是向来善于运用金钱诱惑法术的地方,于是自然就成了这现象。听说现在是中学校也有这样的了。间有例外,大约即因年龄太小,还未感到经济困难或花费的必要之故罢。至于传入女校,当是近来的事,大概其起因,当在女性已经自觉到经济独立的必要,而借以获得这独立的方法,则不外两途,一是力争,一是巧取。前一法很费力,于是就堕入后一手段去,就是略一清醒,又复昏睡了。可是这情形不独女界为然,男人也多如此,所不同者巧取之外,还有豪夺而已。

我其实那里会"立地成佛",许多烟卷,不过是麻醉药,烟雾中也没有见过极乐世界。假使我真有指导青年的本领——无论指导得错不错——我决不藏匿起来,但可惜我连自己也没有指南针,到现在还是乱闯。倘若闯入深渊,自己有自己负责,领着别人又怎么好呢?我之怕上讲台讲空话者就为此。记得有一种小说里攻击牧师,说有一个乡下女人,向牧师沥诉困苦的半生,请他救助,牧师听毕答道:"忍着罢,上帝使你在生前受苦,死后定当赐福的。"其实古今的圣贤以及哲人学者之所说,何尝能比这高明些。他们之所谓"将来",不就是牧师之所谓"死后"么。我所知道的话就全是这样,我不相信,但自己也并无更好的解释。章锡琛先生的答话是一定要模胡的,听说他自己在书铺子里做伙计,就时常叫苦连天。

我想,苦痛是总与人生联带的,但也有离开的时候,就是当熟睡之际。醒的时候要免去若干苦痛,中国的老法子是"骄傲"与"玩世不恭",我觉得我自己就有这毛病,不大好。苦茶加糖,其苦之量如故,只是聊胜于无糖,但这糖就不容易找到,我不知道在那里,这一节只好交白卷了。

以上许多话,仍等于章锡琛,我再说我自己如何在世上混过去的方法,以供参考罢——

一,走"人生"的长途,最易遇到的有两大难关。其一是"歧路",倘是墨翟先生,相传是恸哭而返的。但我不哭也不返,先在歧路头坐下,歇一会,或者睡一觉,于是选一条似乎可走的路再走,倘遇见老实人,也许夺他食物来充饥,但是不问路,因为我料定他并不知道的。如果遇见老虎,我就爬上树去,等它饿得走去了再下来,倘它竟不走,我就自己饿死在树上,而且先用带子缚住,连死尸也决不给它吃。但倘若没有树呢?那么,没有法子,只好请它吃了,但也不妨也咬它一口。其二便是"穷途"了,听说阮籍先生也大哭而回,我却也像在歧路上的办法一样,还是跨进去,在刺丛里姑且走走。但我也并未遇到全是荆棘毫无可走的地方过,不知道是否世上本无所谓穷途,还是我幸而没有遇着。

二,对于社会的战斗,我是并不挺身而出的,我不劝别人牺牲什么之类者就为此。欧战的时候,最重"壕堑战",战士伏在壕中,有时吸烟,也唱歌,打纸牌,喝酒,也在壕内开美术展览会,但有时忽向敌人开他几枪。中国多暗箭,挺身而出的勇士容易丧命,这种战法是必要的罢。但恐怕也有时会逼到非短兵相接不可的,这时候,没有法子,就短兵相接。

总结起来,我自己对于苦闷的办法,是专与袭来的苦痛捣乱,将无赖手段当作胜利,硬唱凯歌,算是乐趣,这或者就是糖罢。但临末也还是归结到"没有法子",这真是没有法子!

以上,我自己的办法说完了,就不过如此,而且近于游戏,不像步步走在人生的正轨上(人生或者有正轨罢,但我不知道)。我相信写了出来,未必于你有用,但我也只能写出这些罢了。

鲁迅。三月十一日。

19250318 两地书 四

广平兄：

这回要先讲"兄"字的讲义了。这是我自己制定，沿用下来的例子，就是：旧日或近来所识的朋友，旧同学而至今还在来往的，直接听讲的学生，写信的时候我都称"兄"；此外如原是前辈，或较为生疏，较需客气的，就称先生，老爷，太太，少爷，小姐，大人……之类。总之，我这"兄"字的意思，不过比直呼其名略胜一筹，并不如许叔重先生所说，真含有"老哥"的意义。但这些理由，只有我自己知道，则你一见而大惊力争，盖无足怪也。然而现已说明，则亦毫不为奇焉矣。

现在的所谓教育，世界上无论那一国，其实都不过是制造许多适应环境的机器的方法罢了。要适如其分，发展各各的个性，这时候还未到来，也料不定将来究竟可有这样的时候。我疑心将来的黄金世界里，也会有将叛徒处死刑，而大家尚以为是黄金世界的事，其大病根就在人们各各不同，不能像印版书似的每本一律。要彻底地毁坏这种大势的，就容易变成"个人的无政府主义者"，如《工人绥惠略夫》里所描写的绥惠略夫就是。这一类人物的运命，在现在——也许虽在将来——是要救群众，而反被群众所迫害，终至于成了单身，忿激之余，一转而仇视一切，无论对谁都开枪，自己也归于毁灭。

社会上千奇百怪，无所不有；在学校里，只有捧线装书和希望得到文凭者，虽然根柢上不离"利害"二字，但是还要算好的。中国大约太老了，社会上事无大小，都恶劣不堪，像一只黑色的染缸，无论加进什么新东西去，都变成漆黑。可是除了再想法子来改革之外，也再没有别的路。我看一切理想家，不是怀念"过去"，就是希望"将来"，而对于"现在"这一个题目，都缴了白卷，因为谁也开不出药方。所有最好的药方，即所谓"希望将来"的就是。

"将来"这回事，虽然不能知道情形怎样，但有是一定会有的,就是一定会到来的,所虑者到了那时,就成了那时的"现在"。然而人们也不必这样悲观,只要"那时的现在"比"现在的现在"好一点,就很好了,这就是进步。

这些空想,也无法证明一定是空想,所以也可以算是人生的一种慰安,正如信徒的上帝。你好像常在看我的作品,但我的作品,太黑暗了,因为我常觉得惟"黑暗与虚无"乃是"实有",却偏要向这些作绝望的抗战,所以很多着偏激的声音。其实这或者是年龄和经历的关系,也许未必一定的确的,因为我终于不能证实:惟黑暗与虚无乃是实有。所以我想,在青年,须是有不平而不悲观,常抗战而亦自卫,倘荆棘非践不可,固然不得不践,但若无须必践,即不必随便去践,这就是我之所以主张"壕堑战"的原因,其实也无非想多留下几个战士,以得更多的战绩。

子路先生确是勇士,但他因为"吾闻君子死冠不免",于是"结缨而死",我总觉得有点迂。掉了一顶帽子,又有何妨呢,却看得这么郑重,实在是上了仲尼先生的当了。仲尼先生自己"厄于陈蔡",却并不饿死,真是滑得可观。子路先生倘若不信他的胡说,披头散发的战起来，也许不至于死的罢。但这种散发的战法，也就是属于我所谓"壕堑战"的。

时候不早了，就此结束了。

鲁迅。三月十八日。

19250323 两地书 六

广平兄:

仿佛记得收到来信有好几天了,但因为偶然没有工夫,一直到今天才能写回信。

"一步步的现在过去",自然可以比较的不为环境所苦,但"现在的我"中,既然"含有原先的我",而这"我"又有不满于时代环境之心,则苦痛也依然相续。不过能够随遇而安——即有船坐船云云——则比起幻想太多的人们来,可以稍为安稳,能够敷衍下去而已。总之,人若一经走出麻木境界,便即增加苦痛,而且无法可想,所谓"希望将来",不过是自慰——或者简直是自欺——之法,即所谓"随顺现在"者也一样。必须麻木到不想"将来"也不知"现在",这才和中国的时代环境相合,但一有知识,就不能再回到这地步去了。也只好如我前信所说,"有不平而不悲观",也即来信之所谓"养精蓄锐以待及锋而试"罢。

来信所说"时代的落伍者"的定义,是不对的。时代环境全部迁流,并且进步,而个人始终如故,毫无长进,这才谓之"落伍者"。倘若对于时代环境,怀着不满,要它更好,待较好时,又要它更更好,即不当有"落伍者"之称。因为世界上改革者的动机,大抵就是这对于时代环境的不满的缘故。

这回的教育次长的下台,我以为似乎是他自己的失策,否则,不至于此的。至于妨碍《民国日报》,乃是北京官场的老手段,实在可笑。停止一种报章,他们的天下便即太平么?这种漆黑的染缸不打破,中国即无希望,但正在准备毁坏者,目下也仿佛有人,只可惜数目太少。然而既然已有,即可望多起来,一多,可就好玩了——但是这自然还在将来,现在呢,只是准备。

我如果有所知道,当然不至于不说的,但这种满纸是"将来"和"准备"的指教,其实不过是空言,恐怕于"小鬼"也无甚益处。至于时间,那倒不要紧的,因为我即使不写信,也并不做着什么了不得的事。

鲁迅。三月二十三日。

19250331 两地书 八

广平兄：

现在才有写回信的工夫，所以我就写回信。

那一回演剧时候，我之所以先去者，实与剧的好坏无关，我在群集里面，是向来坐不久的。那天观众似乎不少，筹款的目的，该可以达到一点了罢。好在中国现在也没有什么批评家，鉴赏家，给看那样的戏剧，已经尽够了。严格的说起来，则那天的看客，什么也不懂而胡闹的很多，都应该用大批的蚊烟，将它们熏出去的。

近来的事件，内容大抵复杂，实不但学校为然。据我看来，女学生还要算好的，大约因为和外面的社会不大接触之故罢，所以还不过谈谈衣饰宴会之类。至于别的地方，怪状更是层出不穷，东南大学事件就是其一,倘细细剖析,真要为中国前途万分悲哀。虽至小事,亦复如是,即如《现代评论》上的"一个女读者"的文章,我看那行文造语,总疑心是男人做的,所以你的推想,也许不确。世上的鬼蜮是多极了。

说起民元的事来,那时确是光明得多,当时我也在南京教育部,觉得中国将来很有希望。自然,那时恶劣分子固然也有的,然而他总失败。一到二年二次革命失败之后,即渐渐坏下去,坏而又坏,遂成了现在的情形。其实这也不是新添的坏,乃是涂饰的新漆剥落已尽,于是旧相又显了出来。使奴才主持家政,那里会有好样子。最初的革命是排满,容易做到的,其次的改革是要国民改革自己的坏根性,于是就不肯了。所以此后最要紧的是改革国民性,否则,无论是专制,是共和,是什么什么,招牌虽换,货色照旧,全不行的。

但说到这类的改革,便是真叫作"无从措手"。不但此也,现在虽只想将"政象"稍稍改善,尚且非常之难。在中国活动的现有两种"主义者",外表都很新的,但我研究他们的精神,还是旧货,所以我现在无所属,但希望他们自己觉悟,自动的改良而已。例如世界主义者而同志自己先打架，无政府主义者的报馆而用护兵守门，真不知是怎么一回事。土匪也不行，河南的单知道烧抢，东三省的渐趋于保护雅片，总之是抱"发财主义"的居多，梁山泊劫富济贫的事，已成为书本子上的故事了。军队里也不好，排挤之风甚盛，勇敢无私的一定孤立，为敌所乘，同人不救，终至阵亡，而巧滑骑墙，专图地盘者反很得意。我有几个学生在军中，倘不同化，怕终不能占得势力，但若同化，则占得势力又于将来何益。一个就在攻惠州，虽闻已胜，而终于没有信来，使我常常苦痛。

我又无拳无勇，真没有法，在手头的只有笔墨，能写这封信一类的不得要领的东西而已。但我总还想对于根深蒂固的所谓旧文明，施行袭击，令其动摇，冀于将来有万一之希望。而且留心看看，居然也有几个不问成败而要战斗的人，虽然意见和我并不尽同，但这是前几年所没有遇到的。我所谓"正在准备破坏者目下也仿佛有人"的人，不过这么一回事。要成联合战线，还在将来。

希望我做一点什么事的人，也颇有几个了，但我自己知道，是不行的。凡做领导的人，一须勇猛，而我看事情太仔细,一仔细,即多疑虑,不易勇往直前,二须不惜用牺牲,而我最不愿使别人做牺牲(这其实还是革命以前的种种事情的刺激的结果),也就不能有大局面。所以,其结果,终于不外乎用空论来发牢骚,印一通书籍杂志。你如果也要发牢骚,请来帮我们,倘曰"马前卒",则吾岂敢,因为我实无马,坐在人力车上,已经是阔气的时候了。

投稿到报馆里,是碰运气的,一者编辑先生总有些胡涂,二者投稿一多,确也使人头昏眼花。我近来常看稿子,不但没有空闲,而且人也疲乏了,此后想不再给人看,但除了几个熟识的人们。你投稿虽不写什么"女士",我写信也改称为"兄",但看那文章,总带些女性。我虽然没有细研究过,但大略看来,似乎"女士"的说话的句子排列法,就与"男士"不同,所以写在纸上,一见可辨。

北京的印刷品现在虽然比先前多,但好的却少。《猛进》很勇,而论一时的政象的文字太多。《现代评论》的作者固然多是名人,看去却很显得灰色,《语丝》虽总想有反抗精神,而时时有疲劳的颜色,大约因为看得中国的内情太清楚,所以不免有些失望之故罢。

由此可知见事太明，做事即失其勇，庄子所谓"察见渊鱼者不祥"，盖不独谓将为众所忌，且于自己的前进亦复大有妨碍也。我现在还要找寻生力军，加多破坏论者。

　　　　　　　　鲁迅。三月三十一日。

19250408 两地书 一〇

广平兄：

我先前收到五个人署名的印刷品，知道学校里又有些事情，但并未收到薛先生的宣言，只能从学生方面的信中，猜测一点。我的习性不大好，每不肯相信表面上的事情，所以我疑心薛先生辞职的意思，恐怕还在先，现在不过借题发挥，自以为去得格外好看。其实"声势汹汹"的罪状，未免太不切实，即使如此，也没有辞职的必要的。如果自己要辞职而必须牵连几个学生，我觉得办法有些恶劣。但我究竟不明白内中的情形，要之，那普通所想得到的，总无非是"用阴谋"与"装死"，学生都不易应付的。现在已没有中庸之法，如果他的所谓罪状，不过是"声势汹汹"，则殊不足以制人死命，有那一回反驳的信，已经可以了。此后只能平心静气,再看后来,随时用质直的方法对付。

这回演剧,每人分到二十余元,我以为结果并不算坏,前年世界语学校演剧筹款,却赔了几十元。但这几个钱,自然不够旅行,要旅行只好到天津。其实现在也何必旅行,江浙的教育,表面上虽说发达,内情何尝佳,只要看母校,即可以推知其他一切。不如买点心,一日吃一元,反有实益。

大同的世界,怕一时未必到来,即使到来,像中国现在似的民族,也一定在大同的门外。所以我想,无论如何,总要改革才好。但改革最快的还是火与剑,孙中山奔波一世,而中国还是如此者,最大原因还在他没有党军,因此不能不迁就有武力的别人。近几年似乎他们也觉悟了,开起军官学校来,惜已太晚。中国国民性的堕落,我觉得并不是因为顾家,他们也未尝为"家"设想。最大的病根,是眼光不远,加以"卑怯"与"贪婪",但这是历久养成的,一时不容易去掉。我对于攻打这些病根的工作,倘有可为,现在还不想放手,但即使有效,也恐很迟,我自己看不见了。由我想来——这只是如此感到,说不出理由——目下的压制和黑暗还要增加,但因此也许可以发生较激烈的反抗与不平的新分子,为将来的新的变动的萌蘖。

"关起门来长吁短叹",自然是太气闷了,现在我想先对于思想习惯加以明白的攻击,先前我只攻击旧党,现在我还要攻击青年。但政府似乎已在张起压制言论的网来,那么,又须准备"钻网"的法子——这是各国鼓吹改革的人们照例要遇到的。我现在还在寻有反抗和攻击的笔的人们,再多几个,就来"试他一试",但那效果,仍然还在不可知之数,恐怕也不过聊以自慰而已。所以一面又觉得无聊,又疑心自己有些暮气,"小鬼"年青,当然是有锐气的,可有更好,更有聊的法子么?

我所谓"女性"的文章,倒不专在"唉,呀,哟……"之多,就是在抒情文,则多用好看字样,多讲风景,多怀家庭,见秋花而心伤,对明月而泪下之类。一到辩论之文,尤易看出特别。即历举对手之语,从头至尾,逐一驳去,虽然犀利,而不沉重,且罕有正对"论敌"之要害,仅以一击给与致命的重伤者。总之是只有小毒而无剧毒,好作长文而不善于短文。

《猛进》昨已送上五期,想已收到,此后如不被禁止,我当寄上,因为我这里有好几份。

鲁迅。四月八日。

□□女士的举动似乎不很好:听说她办报章时,到加拉罕那里去募捐,说如果不给,她就要对于俄国说坏话云云。

19250414 两地书 一二

广平兄：

　　有许多话，那天本可以口头答复，但我这里从早到夜，总有几个各样的客在坐，所以只能论到天气之好坏，风之大小。因为虽是平常的话，但偶然听了一段，也容易莫名其妙，由此造出谣言，所以还不如仍旧写回信。

　　学校的事，也许暂时要不死不活罢。昨天听人说，章太太不来，另荐了两个人。一个也不来，一个是不去请。还有□太太却很想做，而当局似乎不敢请教，听说评议会的挽留倒不算什么，而问题却在不能得人。当局定要在"太太类"中选择，固然也过于拘执，但别的一时可也没有，此实不死不活之大原因也。后事如何，且听下回分解可耳。

来信所说的意见，我实在也无法说一定是错的，但是不赞成，一是由于全局的估计，二是由于自己的偏见。第一，这不是少数人所能做，而这类人现在很不多，即或有之，更不该轻易用去；还有，是纵使有一两回类此的事件，实不足以震动国民，他们还很麻木，至于坏种，则警备极严，也未必就肯洗心革面。还有，是此事容易引起坏影响，例如民二，袁世凯也用这方法了，革命者所用的多青年，而他的乃是用钱雇来的奴子，试一衡量，还是这一面吃亏。但这时革命者们之间，也曾用过雇工以自相残杀，于是此道乃更堕落，现在即使复活，我以为虽然可以快一时之意，而与大局是无关的。第二，我的脾气是如此的，自己没有做的事，就不大赞成。我有时也能辣手评文，也尝煽动青年冒险，但有相识的人，我就不能评他的文章，怕见他的冒险，明知道这是自相矛盾的，也就是做不出什么事情来的死症，然而终于无法改良，奈何不得——姑且由他去罢。

"无处不是苦闷，苦闷（此下还有四个和……）"，我觉得"小鬼"的"苦闷"的原因是在"性急"。在进取的国民中，性急是好的，但生在麻木如中国的地方，却容易吃亏,纵使如何牺牲,也无非毁灭自己,于国度没有影响。我记得先前在学校演说时候也曾说过,要治这麻木状态的国度,只有一法,就是"韧",也就是"锲而不舍"。逐渐的做一点,总不肯休,不至于比"踔厉风发"无效的。但其间自然免不了"苦闷,苦闷(此下还有四个并……)",可是只好便与这"苦闷……"反抗。这虽然近于劝人耐心做奴隶,而其实很不同,甘心乐意的奴隶是无望的,但若怀着不平,总可以逐渐做些有效的事。

我有时以为"宣传"是无效的,但细想起来,也不尽然。革命之前,第一个牺牲者,我记得是史坚如,现在人们都不大知道了,在广东一定是记得的人较多罢,此后接连的有好几人,而爆发却在湖北,还是宣传的功劳。当时和袁世凯妥协,种下病根,其实却还是党人实力没有充实之故。所以鉴于前车,则此后的第一要图,还在充足实力,此外各种言动,只能稍作辅佐而已。

文章的看法,也是因人不同的,我因为自己好作短文,好用反语,每遇辩论,辄不管三七二十一,就迎头一击,所以每见和我的办法不同者便以为缺点。其实畅达也自有畅达的好处，正不必故意减缩（但繁冗则自应删削），例如玄同之文，即颇汪洋，而少含蓄，使读者览之了然，无所疑惑，故于表白意见，反为相宜，效力亦复很大，我的东西却常招误解，有时竟大出于意料之外，可见意在简练，稍一不慎，即易流于晦涩，而其弊有不可究诘者焉（不可究诘四字颇有语病，但一时想不出适当之字，姑仍之，意但云"其弊颇大"耳）。

前天仿佛听说《猛进》终于没有定妥，后来因为别的话岔开，不说下去了。如未定，便中可见告，当寄上。我虽说忙，其实也不过"口头禅"，每日常有闲坐及讲空话的时候，写一个信面，尚非大难事也。

鲁迅。四月十四日。

19250422 两地书 一五

广平兄:

十六和廿日的信都收到了,实在对不起,到现在才一并回答。几天以来,真所谓忙得不堪,除些琐事以外,就是那可笑的"□□周刊"。这一件事,本来还不过一种计划,不料有一个学生对邵飘萍一说,他就登出广告来,并且写得那么夸大可笑。第二天我就代拟了一个别的广告,硬令登载,又不许改动,不料他却又加上了几句无聊的案语。做事遇着隔膜者,真是连小事情也碰头。至于我这一面,则除百来行稿子以外,什么也没有,但既然受了广告的鞭子的强迫,也不能不跑了,于是催人去做,自己也做,直到此刻,这才勉强凑成,而今天就是交稿的日子。统看全稿,实在不见得高明,你不要那么热望,过于热望,要更失望的。但我还希望将来能够比较的好一点。如有稿子,也望寄来,所论的问题也不拘大小。你不知定有《京报》否？如无,我可以嘱他们将《莽原》——即所谓"□□周刊"——寄上。

但星期五,你一定在学校先看见《京报》罢。那"莽原"二字,是一个八岁的孩子写的,名目也并无意义,与《语丝》相同,可是又仿佛近于"旷野"。投稿的人名都是真的,只有末尾的四个都由我代表,然而将来从文章上恐怕也仍然看得出来,改变文体,实在是不容易的事。这些人里面,做小说的和能翻译的居多,而做评论的没有几个:这实在是一个大缺点。

薛先生已经复职,自然极好,但来来去去,似乎未免太劳苦一点了。至于今之教育当局,则我不知其人。但看他挽孙中山对联中之自夸,与对于完全"道不同"之段祺瑞之密切,为人亦可想而知。所闻的历来的言行,盖是一大言无实,欺善怕恶之流而已。要之,能在这昏浊的政局中,居然出为高官,清流大约无这种手段。由我看来,王九龄要好得多罢。校长之事,部中毫无所闻,此人之来,以整顿教育自命,或当别有一反从前一切之新法(他是大不满于今之学风的），但是否又是大言，则不得而知，现在鬼鬼祟祟之人太多，实在无从说起。

我以前做些小说，短评之类，难免描写，或批评别人，现在不知道怎么，似乎报应已至，自己忽而变了别人的文章的题目了。张王两篇，也已看过，未免说得我太好些。我自己觉得并无如此"冷静"，如此能干，即如"小鬼"们之光降，在未得十六来信以前，我还未悟到已被"探检"而去，倘如张君所言，从第一至第三，全是"冷静"，则该早已看破了。但你们的研究，似亦不甚精细，现在试出一题，加以考试：我所坐的有玻璃窗的房子的屋顶，是什么样子的？后园已经到过，应该可以看见这个，仰即答复可也！

星期一的比赛"韧性"，我确又失败了，但究竟抵抗了一点钟，成绩还可以在六十分以上。可惜众寡不敌，终被逼上午门，此后则遁入公园，避去近于"带队"之厄。我常想带兵抢劫，固然无可讳言，但若一变而为带女学生游历，则未免变得离题太远，先前之逃来逃去者，非怕"难为"，"出轨"等等，其实不过是逃脱领队而已。

琴心问题，现在总算明白了。先前，有人说是司空蕙,有人说是陆晶清,而孙伏园坚谓俱不然,乃是一个新出台的女作者。盖投稿非其自写,所以是另一样笔迹,伏园以善认笔迹自负,岂料反而上当。二则所用的红信封绿信纸,早将伏园善识笔迹之眼睛吓昏,遂愈加疑不到司空蕙身上去了。加以所作诗文,也太近于女性,今看他署着真名之文,也是一样色彩,本该容易识破,但他人谁会想到他为了争一点无聊的名声,竟肯如此钩心斗角,无所不至呢。他的"横扫千人"的大作,今天在《京报副刊》上似乎也露一点端倪了;所扫的一个是批评廖仲潜小说的芳子,但我现在疑心芳子就是廖仲潜,实无其人,和琴心一样的。第二个是向培良,则识力比他坚实得多,琴心的扫帚,未免太软弱一点。但培良已往河南去办报,不会有答复的了,这实在可惜,使我们少看见许多痛快的议论。

《民国公报》的实情,我不知道,待探听了再回答罢。普通所谓考试编辑,多是一种手段,大抵因为荐条太多,无法应付,便来装作这一种门面,故作秉公选用之状,以免荐送者见怪,其实却是早已暗暗定好,别的应试者不过陪他变一场戏法罢了。但《民国公报》是否也这样,却尚难决(我看十之九也这样)。总之,先去打听一回罢。我的意见,以为做编辑是不会有什么进步的,我近来常与周刊之类相关,弄得看书和休息的工夫也没有了,因为选用的稿子,也常须动笔改削,倘若任其自然,又怕闹出笑话来。还是"人之患"较为从容,即使有时逼上午门,也不过费两三个钟头而已。

        鲁迅。四月二十二日夜。

19250530 两地书 二四

广平兄：

午回来,看见留字。现在的现象是各方面都黑暗,所以有这情形,不但治本无从说起,便是治标也无法,只好跟着时局推移而已。至于《京报》事,据我所闻却不止秦小姐一人,还有许多人去运动,结果是说定两面的新闻都不载,但久而久之,也许会反而帮牠们(男女一群,所以只好用"牠")的。办报的人们,就是这样的东西。——其实报章的宣传,于实际上也没有多大关系。

今天看见《现代评论》,所谓西滢也者,对于我们的宣言出来说话了,装作局外人的样子,真会玩把戏。我也做了一点寄给《京副》,给他碰一个小钉子。但不知于伏园饭碗之安危如何。牠们是无所不为的,满口仁义，行为比什么都不如。我明知道笔是无用的，可是现在只有这个，只有这个而且还要为鬼魅所妨害。然而只要有地方发表，我还是不放下；或者《莽原》要独立，也未可知。独立就独立，完结就完结，都无不可。总而言之，倘笔舌尚存，是总要使用的，东滢西滢，都不相干也。

西滢文托之"流言"，以为此次风潮是"某系某籍教员所鼓动"，那明明是说"国文系浙籍教员"了，别人我不知道，至于我之骂杨荫榆，却在此次风潮之后，而"杨家将"偏偏来诬赖，可谓卑劣万分。但浙籍也好，夷籍也好，既经骂起，就要骂下去，杨荫榆尚无割舌之权，总还要被骂几回的。

现在老实说一句罢，"世界岂真不过如此而已么？……"这些话，确是"为对小鬼而说的"。我所说的话，常与所想的不同，至于何以如此，则我已在《呐喊》的序上说过：不愿将自己的思想，传染给别人。何以不愿，则因为我的思想太黑暗，而自己终不能确知是否正确之故。至于"还要反抗"，倒是真的，但我知道这"所以反抗之故"，与小鬼截然不同。你的反抗，是为了希望光明的到来罢？我想，一定是如此的。但我的反抗，却不过是与黑暗捣乱。大约我的意见，小鬼很有几点不大了然，这是年龄，经历，环境等等不同之故，不足为奇。例如我是诅咒"人间苦"而不嫌恶"死"的，因为"苦"可以设法减轻而"死"是必然的事，虽曰"尽头"，也不足悲哀。而你却不高兴听这类话，——但是，为什么将好好的活人看作"废物"的？这就比不做"痛哭流涕的文字"还"该打"！又如来信说，凡有死的同我有关的，同时我就憎恨所有与我无关的……，而我正相反，同我有关的活着，我倒不放心，死了，我就安心，这意思也在《过客》中说过，都与小鬼的不同。其实，我的意见原也一时不容易了然，因为其中本含有许多矛盾，教我自己说，或者是人道主义与个人主义这两种思想的消长起伏罢。所以我忽而爱人，忽而憎人；做事的时候，有时确为别人，有时却为自己玩玩，有时则竟因为希望生命从速消磨，所以故意拼命的做。此外或者还有什么道理，自己也不甚了然。但我对人说话时，却总拣择那光明些的说出，然而偶不留意，就露出阎王并不反对，而"小鬼"反不乐闻的话来。总而言之，我为自己和为别人的设想，是两样的。所以者何，就因为我的思想太黑暗，但究竟是否真确,又不得而知,所以只能在自身试验,不敢邀请别人。其实小鬼希望父兄长存,而自视为"废物",硬去替"大众请命",大半也是如此。

《莽原》实在有些穿棉花鞋了,但没有撒泼文章,真也无法。自己呢,又做惯了晦涩的文章,一时改不过来,下笔时立志要显豁,而后来往往仍以晦涩结尾,实在可气之至!现在除附《京报》分送外,另售千五百,看的人也不算少。待"闹潮"略有结束,你这一匹"害群之马"多来发一点议论罢。

鲁迅。五月三十日。

19250602 两地书 二六

广平兄：

拆信案件，或者牠们有些受了冤，因为卅一日的那一封，也许是我自己拆过的。那时已经很晚，又写了许多信，所以自己不大记得清楚，只记得将其中之一封拆开（从下方），在第一张上加了一点细注。如你所收的第一张上有小注，那就确是我自己拆过的了。

至于别的信，我却不能代牠们辩护。其实，私拆函件，本是中国的惯技，我也早料到的。但是这类技俩，也不过心劳日拙而已。听说明的方孝孺，就被永乐皇帝灭十族，其一是"师"，但也许是齐东野语，我没有考查过这事的真伪。可是从西滢的文字上看来，此辈一得志，则不但灭族，怕还要"灭系"，"灭籍"了。

明明将学生开除，而布告文中文其词曰"出校"，我当时颇叹中国文字之巧。今见上海印捕击杀学生,而路透电则云,"华人不省人事",可谓异曲同工,但此系中国报译文,不知原文如何。

其实我并不很喝酒,饮酒之害,我是深知道的。现在也还是不喝的时候多,只要没有人劝喝。多住些时,固无不可的。短刀我的确有,但这不过为夜间防贼之用,而偶见者少见多怪,遂有"流言",皆不足信也。

汪懋祖先生的宣言发表了,而引"某女士"之言以为重,可笑。牠们大抵爱用"某"字,不知何也? 又观其意,似乎说是"某籍某系"想将学校解散,也是一种奇谈。黑幕中人面目渐露,亦殊可观,可惜他自己又说要"南归"了。躲躲闪闪,躲躲闪闪,此其所以为"黑幕中人"欤!? 哈哈!

迅。六月二日。

19250613 两地书 二九

广平兄：

六月六日的信早收到了，但我久没有复；今天又收到十二夕信，并文稿。其实我并不做什么事，而总是忙，拿不起笔来，偶然在什么周刊上写几句，也不过是敷衍，近几天尤其甚。这原因大概是因为"无聊"，人到无聊，便比什么都可怕，因为这是从自己发生的，不大有药可救。喝酒是好的，但也很不好。等暑假时闲空一点，我很想休息几天，什么也不做，什么也不看，但不知道可能够。

第一，小鬼不要变成狂人，也不要发脾气了。人一发狂，自己或者没有什么——俄国的梭罗古勃以为倒是幸福——但从别人看来，却似乎一切都已完结。所以我倘能力所及，决不肯使自己发狂，实未发狂而有人硬说我有神经病,那自然无法可想。性急就容易发脾气,最好要酌减"急"的角度,否则,要防自己吃亏,因为现在的中国,总是阴柔人物得胜。

上海的风潮,也出于意料之外。可是今年的学生的动作,据我看来是比前几回进步了。不过这些表示,真所谓"就是这么一回事"。试想:北京全体(?)学生而不能去一章士钉,女师大大多数学生而不能去一杨荫榆,何况英国和日本。但在学生一方面,也只能这么做,唯一的希望,就是等候意外飞来的"公理"。现在"公理"也确有点飞来了,而且,说英国不对的,还有英国人。所以无论如何,我总觉得洋鬼子比中国人文明,货只管排,而那品性却很有可学的地方。这种敢于指摘自己国度的错误的,中国人就很少。

所谓"经济绝交"者,在无法可想中,确是一个最好的方法。但有附带条件,要耐久,认真。这么办起来,有人说中国的实业就会借此促进,那是自欺欺人之谈。(前几年排斥日货时,大家也那么说,然而结果不过做成功了一种"万年糊"。草帽和火柴发达的原因,尚不在此。那时候,是连这种万年糊也不会做的,排货事起,有三四个学生组织了一个小团体来制造,我还是小股东,但是每瓶卖八枚铜子的糊,成本要十枚,而且货色总敌不过日本品。后来,折本,闹架,关门。现在所做的好得多,进步得多了,但和我辈无关也。)因此获利的却是美法商人。我们不过将送给英日的钱,改送美法,归根结蒂,二五等于一十。但英日却究竟受损,为报复计,亦足快意而已。

可是据我看来,要防一个不好的结果,就是白用了许多牺牲,而反为巧人取得自利的机会,这种在中国是常有的。但在学生方面,也愁不得这些,只好凭良心做去,可是要缓而韧,不要急而猛。中国青年中,有些很有太"急"的毛病(小鬼即其一),因此,就难于耐久(因为开首太猛,易将力气用完),也容易碰钉子,吃亏而发脾气,此不佞所再三申说者也,亦自己所曾经实验者也。

前信反对喝酒,何以这回自己"微醉"(?)了? 大作中好看的字面太多,拟删去一些,然后赐列第□期《莽原》。

□□的态度我近来颇怀疑,因为似乎已与西滢大有联络。其登载几篇反杨之稿,盖出于不得已。今天在《京副》上,至于指《猛进》,《现代》,《语丝》为"兄弟周刊",大有卖《语丝》以与《现代》拉拢之观。或者《京副》之专载沪事,不登他文,也还有别种隐情(但这也许是我的妄猜),《晨副》即不如此。

我明知道几个人做事,真出于"为天下"是很少的。但人于现状,总该有点不平,反抗,改良的意思。只这一点共同目的,便可以合作。即使含些"利用"的私心也不妨,利用别人,又给别人做点事,说得好看一点,就是"互助"。但是,我总是"罪孽深重,祸延"自己,每每终于发见纯粹的利用,连"互"字也安不上,被用之后,只剩下耗了气力的自己一个。有时候,他还要反而骂你;不骂你,还要谢他的洪恩。我的时常无聊,就是为此,但我还能将一切忘却,休息一时之后,从新再来,即使明知道后来的运命未必会胜于过去。

本来有四张信纸已可写完,而牢骚发出第五张上去了。时候已经不早,非结束不可,止此而已罢。

六月十三夜　迅

然而,这一点空白,也还要用空话来填满。司空蕙前回登过启事,说要到欧洲去,现在听说又不到欧洲去了。我近来收到一封信,署名"捏蚊",说要加入《莽原》,大约就是"雪纹",也即司空蕙。这回《民众文艺》上所登的署名"聂文"的,我看也是他。碰一个小钉子,就说要到欧洲去,一不到欧洲去,就又闹"琴心"式的老玩艺了。

这一点空白即以这样填满。

19250628 两地书 三二

（前缺。）

那一首诗，意气也未尝不盛，但此种猛烈的攻击，只宜用散文，如"杂感"之类，而造语还须曲折，否，即容易引起反感。诗歌较有永久性，所以不甚合于做这样题目。

沪案以后，周刊上常有极锋利肃杀的诗，其实是没有意思的，情随事迁，即味如嚼蜡。我以为感情正烈的时候，不宜做诗，否则锋芒太露，能将"诗美"杀掉。这首诗有此病。

我自己是不会做诗的，只是意见如此。编辑者对于投稿，照例不加批评，现遵来信所嘱，妄说几句，但如投稿者并未要知道我的意见，仍希不必告知。

迅。六月二十八日。

19250715 两地书 三四

广平仁兄大人阁下,敬启者:

前蒙投赠之大作,就要登出来,而我或将被作者暗暗咒骂。因为我连题目也已经改换,而所以改换之故,则因为原题太觉怕人故也。收束处太没有力量,所以添了几句,想来也未必与尊意背驰;但总而言之:殊为专擅。尚希曲予

海涵,免施

贵骂,勿露"勃谿"之技,暂羁"害马"之才,仍复源源投稿,以光敝报,不胜侥幸之至!

至于大作之所以常被登载者,实在因为《莽原》有些闹饥荒之故也。我所要多登的是议论,而寄来的偏多小说,诗。先前是虚伪的"花呀""爱呀"的诗,现在是虚伪的"死呀""血呀"的诗。呜呼,头痛极了!所以

倘有近于议论的文章,即易于登出,夫岂"骗小孩"云乎哉! 又,新做文章的人,在我所编的报上,也比较的易于登出,此则颇有"骗小孩"之嫌疑者也。但若做得稍久,该有更进步之成绩,而偏又偷懒,有敷衍之意,则我要加以猛烈之打击:小心些罢!
肃此布达,敬请
"好说话的"安!

"老师"谨训。七月九日。

报言章士钉将辞,屈映光继之,此即浙江有名之"兄弟素不吃饭"人物也,与士钉盖伯仲之间,或且不及。所以我总以为不革内政,即无一好现象,无论怎样游行示威。

19250729 两地书 三五

广平兄：

在好看的天亮还未到来之前，再看了一遍大作，我以为还不如不发表。这类题目，其实，在现在，是只能我做的，因为大概要受攻击。然而我不要紧，一则，我自有还击的方法；二则，现在做"文学家"似乎有些做厌了，仿佛要变成机械，所以倒很愿意从所谓"文坛"上摔下来。至于如诸君之雪花膏派，则究属"嫩"之一流，犯不上以一篇文章而招得攻击或误解，终至于"泣下沾襟"。

那上半篇，倘在小说，或回忆的文章里，固然毫不足奇，但在论文中，而给现在的中国读者看，却还太直白。至于下半篇，则实在有点迂。我在那篇文章里本来说：这种骂法，是"卑劣"的。而你却硬诬赖我"引以为荣",真是可恶透了。

其实,对于满抱着传统思想的人们,也还大可以这样骂。看目下有些批评文字,表面上虽然没有什么,而骨子里却还是"他妈的"思想,对于这样批评的批评,倒不如直捷爽快的骂出来,就是"即以其人之道,还治其人之身",于人我均属合适。我常想:治中国应该有两种方法,对新的用新法,对旧的仍用旧法。例如"遗老"有罪,即该用清朝法律:打屁股。因为这是他所佩服的。民元革命时,对于任何人都宽容(那时称为"文明"),但待到二次革命失败,许多旧党对于革命党却不"文明"了:杀。假使那时(元年)的新党不"文明",则许多东西早已灭亡,那里会来发挥他们的老手段?现在用"他妈的"来骂那些背着祖宗的木主以自傲的人们,夫岂太过也欤哉!?

还有一篇,今天已经发出去,但将两段并作一个题目了:《五分钟与半年》。多么漂亮呀。

天只管下雨,绣花衫不知如何? 放晴的时候,赶紧晒一晒罢,千切千切!

迅。七月二十九,或三十,随便。

19260928 两地书 四八

广平兄:

廿七日寄上一信,收到了没有?今天是我在等你的信了,据我想,你于廿一二大约该有一封信发出,昨天或今天要到的,然而竟还没有到,所以我等着。

我所辞的兼职(研究教授),终于辞不掉,昨晚又将聘书送来了,据说林玉堂因此一晚睡不着。使玉堂睡不着,我想,这是对他不起的,所以只得收下,将辞意取消。玉堂对于国学院,不可谓不热心,但由我看来,希望不多,第一是没有人才,第二是校长有些掣肘(我觉得这样)。但我仍然做我该做的事,从昨天起,已开手编中国文学史讲义,今天编好了第一章。眠食都好,饭两浅碗,睡觉是可以有八或九小时。

从前天起,开始吃散拿吐瑾,只是白糖无法办理,这里的蚂蚁可怕极了,有一种小而红的,无处不到。我现在将糖放在碗里,将碗放在贮水的盘中,然而倘若偶然忘记,则顷刻之间,满碗都是小蚂蚁。点心也这样。这里的点心很好,而我近来却怕敢买了,买来之后,吃过几个,其余的竟无法安放,我住在四层楼上的时候,常将一包点心和蚂蚁一同抛到草地里去。

风也很利害,几乎天天发,较大的时候,令人疑心窗玻璃就要吹破;若在屋外,则走路倘不小心,也可以被吹倒的。现在就呼呼地吹着。我初到时,夜夜听到波声,现在不听见了,因为习惯了,再过几时,风声也会习惯的罢。

现在的天气,同我初来时差不多,须穿夏衣,用凉席,在太阳下行走,即遍身是汗。听说这样的天气,要继续到十月(阳历?)底。

L. S.九月二十八日夜。

今天下午收到廿四发的来信了,我所料的并不错。但粤中学生情形如此,却真出我的"意表之外",北京似乎还不至此。你自然只能照你来信所说的做,但看那些职务,不是忙得连一点闲空都没有了么? 我想,做事自然是应该做的,但不要拼命地做才好。此地对于外面的情形,也不大了然,看今天的报章,登有上海电(但这些电报是什么来路,却不明),总结起来:武昌还未降,大约要攻击;南昌猛扑数次,未取得;孙传芳已出兵;吴佩孚似乎在郑州,现正与奉天方面暗争保定大名。

我之愿合同早满者,就是愿意年月过得快,快到民国十七年,可惜来此未及一月,却如过了一年了。其实此地对于我的身体,仿佛倒好,能吃能睡,便是证据,也许肥胖一点了罢。不过总有些无聊,有些不高兴,好像不能安居乐业似的,但我也以转瞬便是半年,一年,聊自排遣,或者开手编讲义,来排遣排遣,所以眠食是好的。我在这里的情形,就是如此,还可以无需帮助,你还是给学校办点事的好。

中秋的情形,前信说过了。谢君的事,原已早向玉堂提过的,没有消息。听说这里喜欢用"外江佬",理由是因为倘有不合,外江佬卷铺盖就走了,从此完事,本地人却永久在近旁,容易结怨云。这也是一种特别的哲学。谢君的令兄我想暂且不去访问他,否则,他须来招呼我,我又须去回谢他,反而多一番应酬也。

伏园今天接孟余一电,招他往粤办报,他去否似尚未定。这电报是廿三发的,走了七天,同信一样慢,真奇。至于他所宣传的,大略是说:他家不但常有男学生,也常有女学生,但他是爱高的那一个的,因为她最有才气云云。平凡得很,正如伏园之人,不足多论也。

此地所请的教授,我和兼士之外,还有朱山根。这人是陈源之流,我是早知道的,现在一调查,则他所安排的羽翼,竟有七人之多,先前所谓不问外事,专一看书的舆论,乃是全都为其所骗。他已在开始排斥我,说我是"名士派",可笑。好在我并不想在此挣帝王万世之业,不去管他了。

我到邮政代办处的路,大约有八十步,再加八十步,才到便所,所以我一天总要走过三四回,因为我须去小解,而它就在中途,只要伸首一窥,毫不费事。天一黑,就不到那里去了,就在楼下的草地上了事。此地的生活法,就是如此散漫,真是闻所未闻。我因为多住了几天,渐渐习惯,而且骂来了一些用具,又自买了一些用具，又自雇了一个用人，好得多了，近几天有几个初到的教员，被迎进在一间冷房里，口干则无水，要小便则须旅行，还在"茫茫若丧家之狗"哩。

听讲的学生倒多起来了，大概有许多是别科的。女生共五人。我决定目不邪视，而且将来永远如此，直到离开了厦门。嘴也不大乱吃，只吃了几回香蕉，自然比北京的好，但价亦不廉，此地有一所小店，我去买时，倘五个，那里的一位胖老婆子就要"吉格浑"（一角钱），倘是十个，便要"能（二）格浑"了。究竟是确要这许多呢，还是欺我是外江佬之故，我至今还不得而知。好在我的钱原是从厦门骗来的，拿出"吉格浑""能格浑"去给厦门人，也不打紧。

我的功课现在有五小时了，只有两小时须编讲义，然而颇费事，因为文学史的范围太大了。我到此之后，从上海又买了一百元书。克士已有信来，说他已迁居，而与一个同事姓孙的同住，我想，这人是不好的，但他也不笨，或不至于上当。

要睡觉了，已是十二时，再谈罢。

迅。九月三十日之夜。

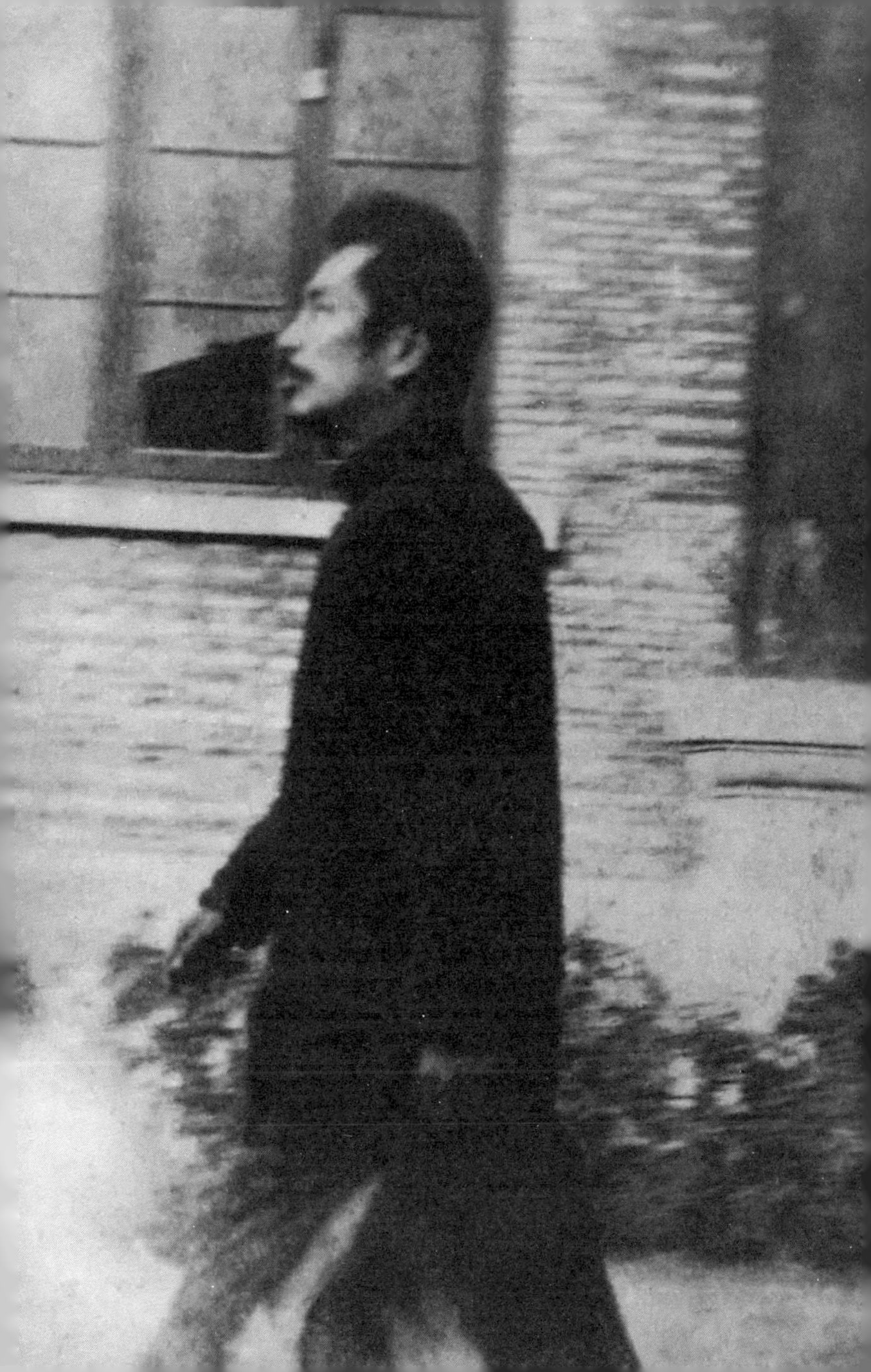

卷首语

人们熟知的鲁迅是文学巨匠，是横眉冷对的思想先锋，却未必了解他对艺术，尤其是美术的热爱。鲁迅虽然不以此为业，却在艺术上有独特的天赋和敏锐的洞察力。他的绘画、线描简洁传神，手稿、书信笔锋峻峭，书籍封面设计先锋前卫，其收藏和推介的中外版画更是如匕首般直戳人心……

这本小册子汇集了鲁迅的艺术实践，通过这些图像，我们得以窥见一个更加立体的鲁迅：不仅以文字为刀枪，更借助视觉艺术，将那深刻锐利的思索，化作振聋发聩的画面。

让我们走进"艺术鲁迅"的精彩世界。

我于美术虽然全是门外汉,但很望中国有新兴美术出现。

——鲁迅《热风·五十三》

目录

一 鲁迅绘画、线描 　　　　　　　07

二 鲁迅手稿及书信 　　　　　　　21

三 鲁迅设计 　　　　　　　　　　55

四 鲁迅收藏版画 　　　　　　　　81

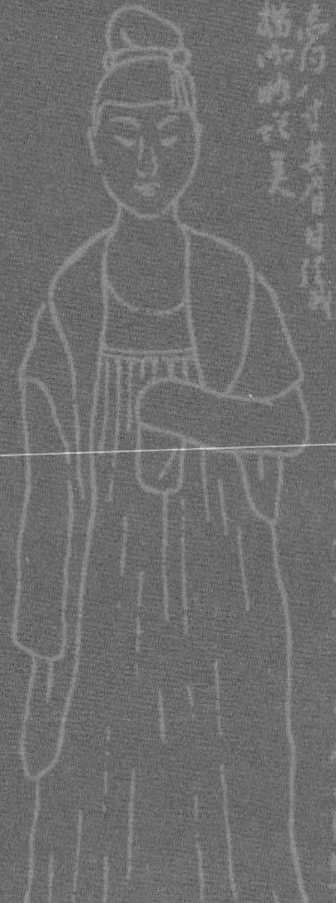

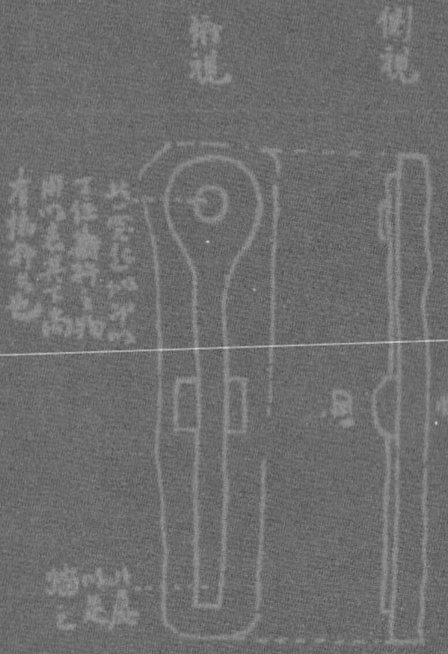

1 鲁迅绘画、线描

我并不劝青年的艺术学徒蔑弃大幅的油画或水彩画,但是希望一样看重并且努力于连环图画和书报的插图;自然应该研究欧洲名家的作品,但也更注意于中国旧书上的绣像和画本,以及新的单张的花纸。这些研究和由此而来的创作,自然没有现在的所谓大作家的受着有些人们的照例的叹赏,然而我敢相信:对于这,大众是要看的,大众是感激的!

——鲁迅《"连环图画"辩护》

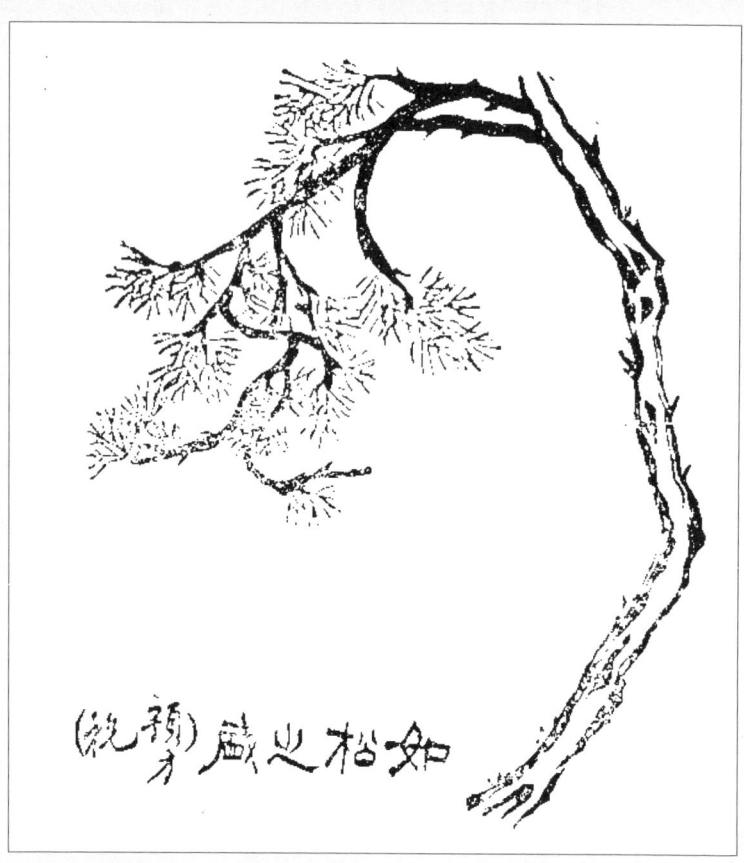

"如松之盛"——祝《天觉报》创刊

一枝乳枣

火鸟(蜜蜂)

猫头鹰

小白象

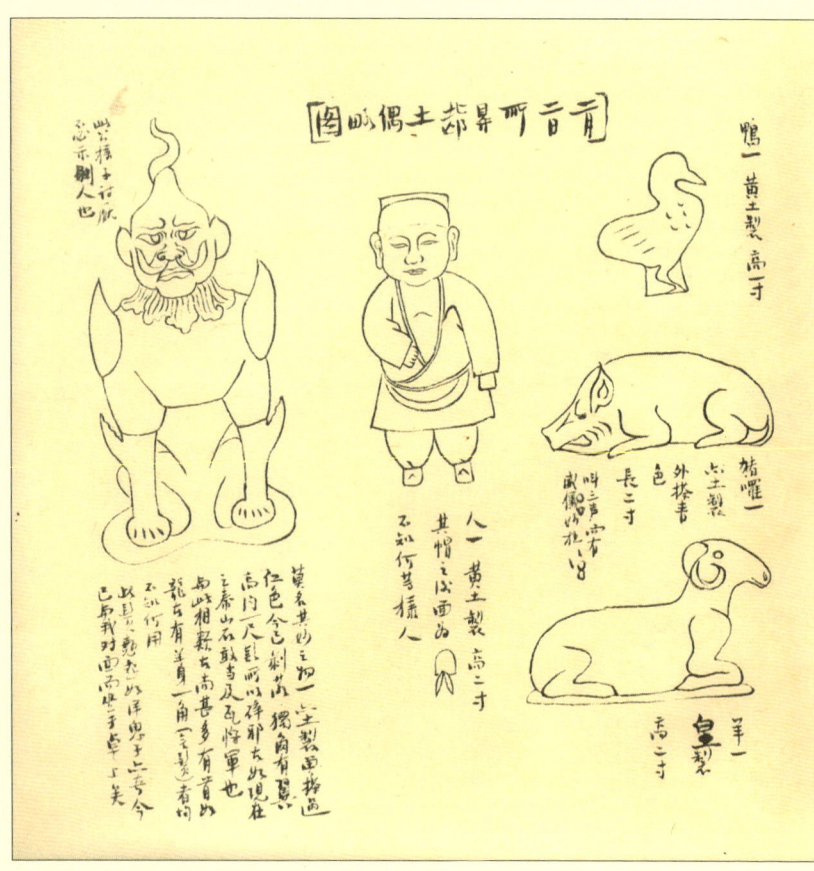

北邙所出明器图（一）

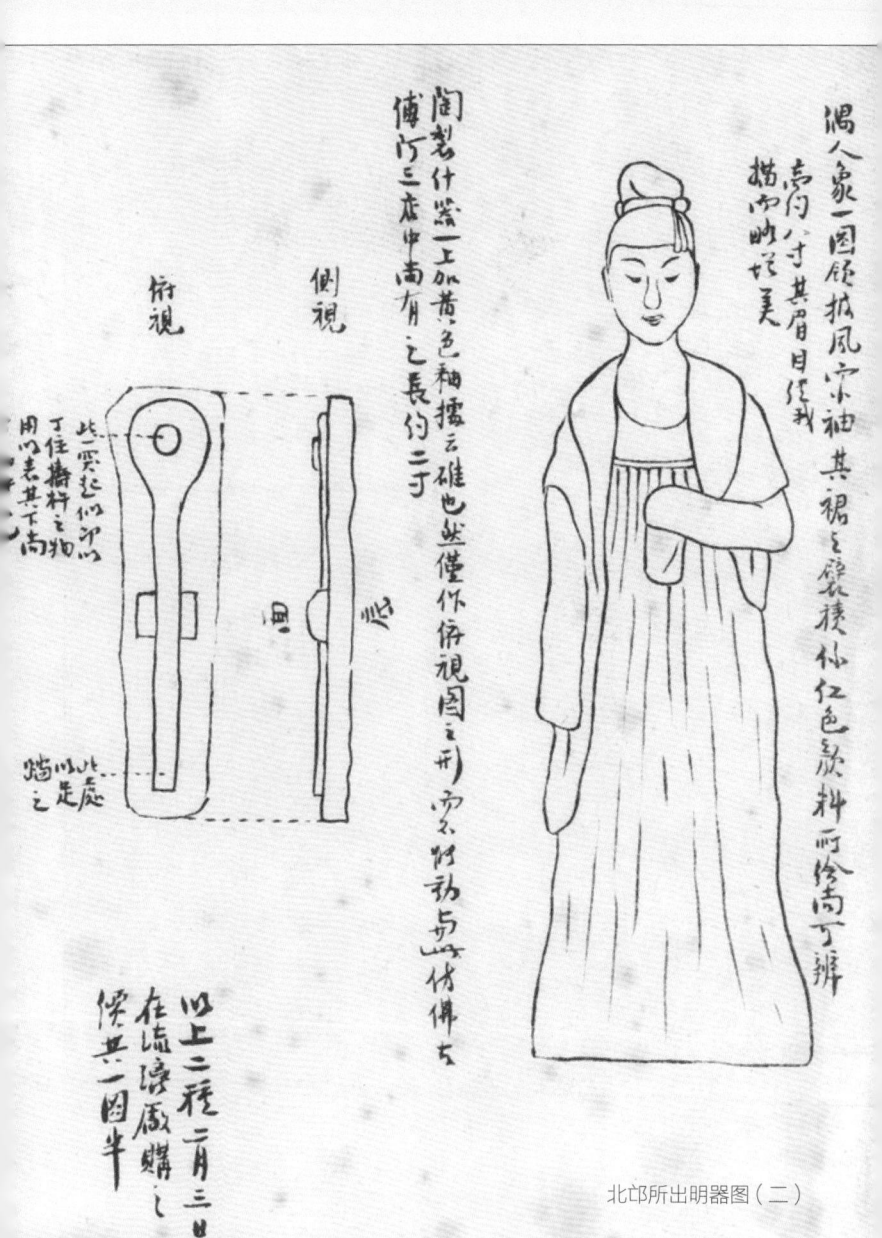

婦人象一圖頭梳風家袖其裙亦襞摺仙紅色款料可絲尚可辨高八寸其眉目俱戟撝尔映姟美

陶製什器一上加黃色釉據云雄色然僅作俯視圖之形實物對勘与此彷彿也

附方三處中兩有之長約二寸

俯視　側視

此一突起似釘似丁住撑桿之物用以表其下高

燭以此定處

以上二種二月三日在瑞陵戚贈之僕共一圖半

北邙所出明器圖（二）

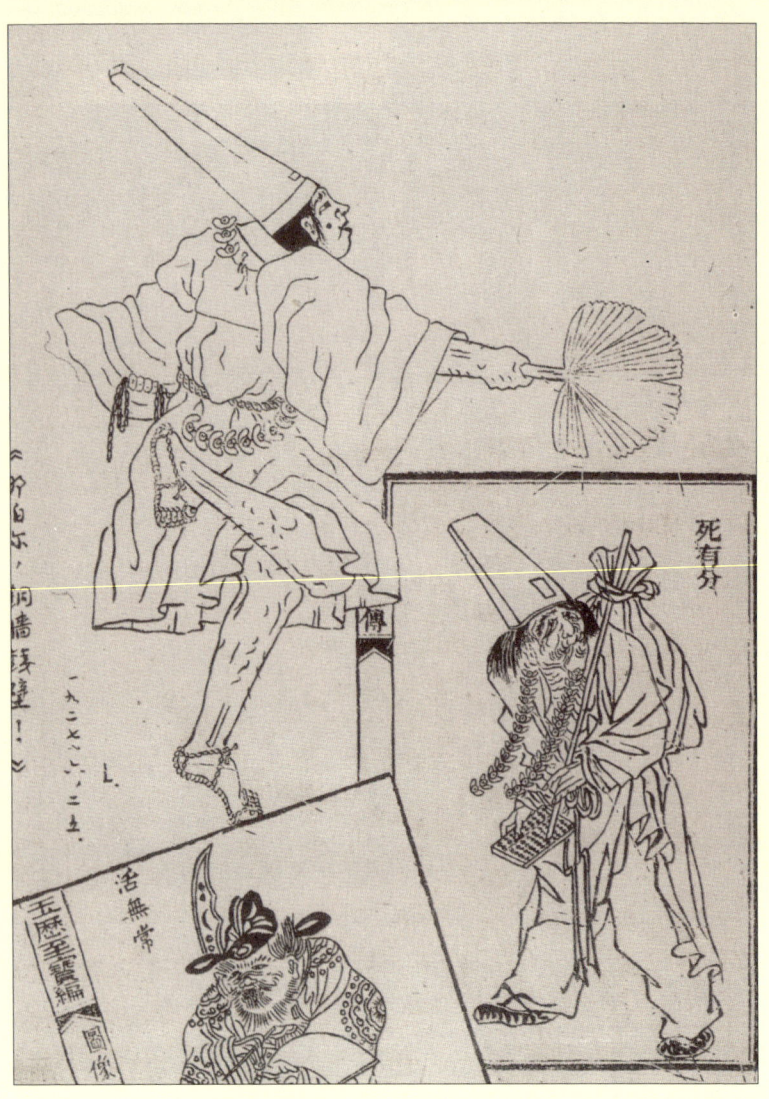

死有分、活无常

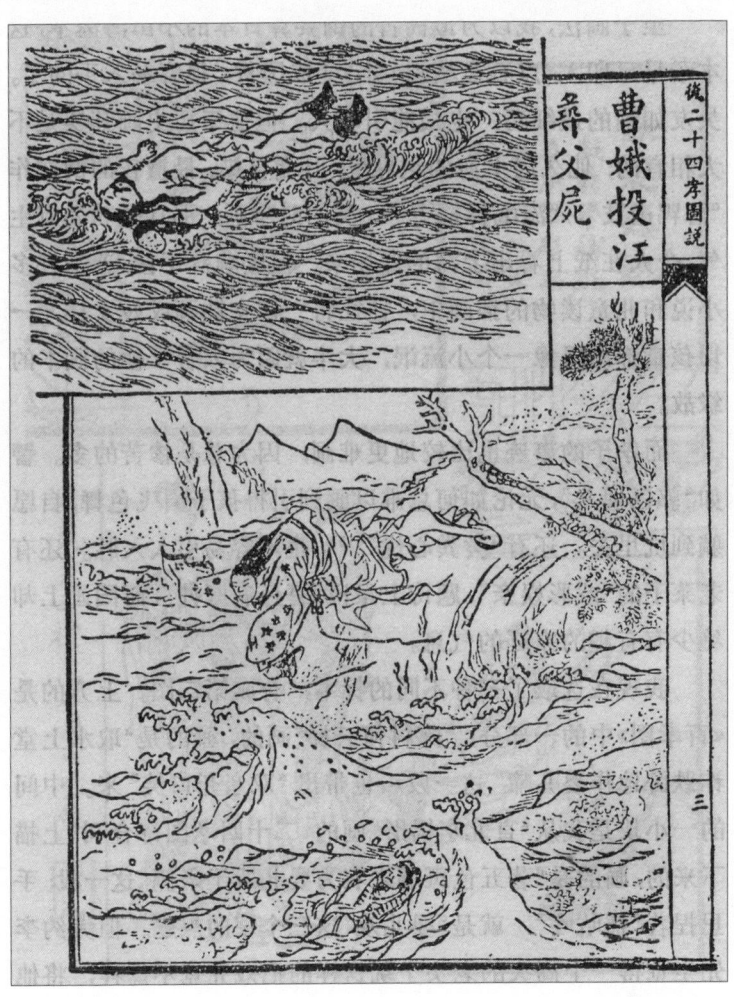

曹娥投江图

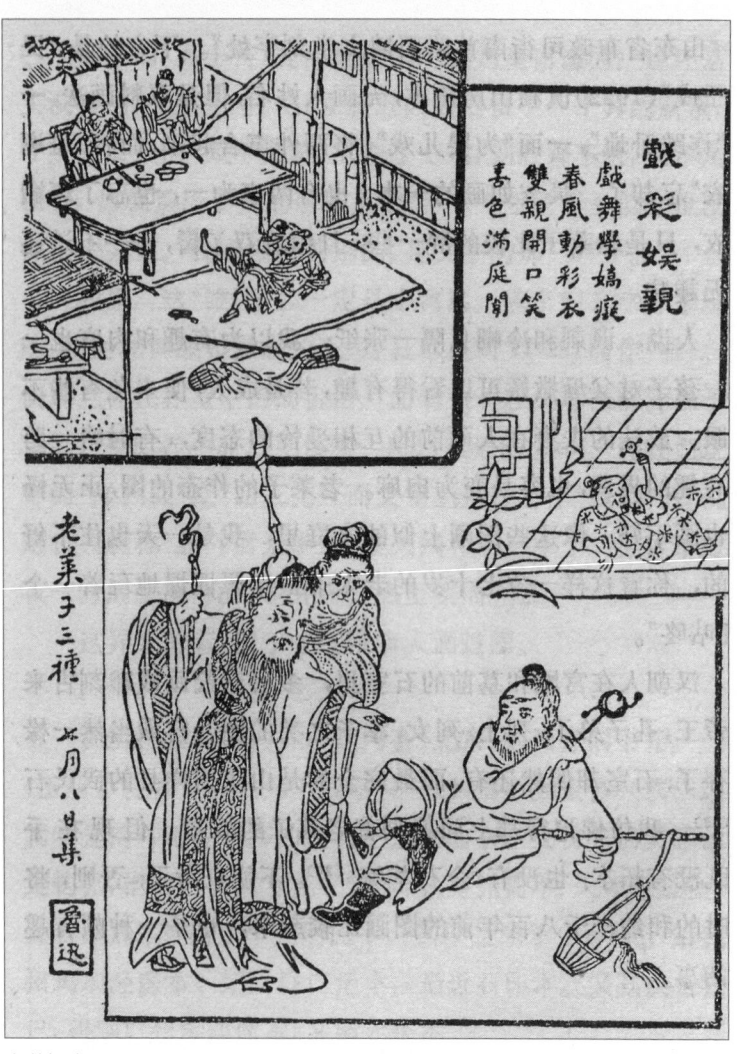

老莱娱亲图

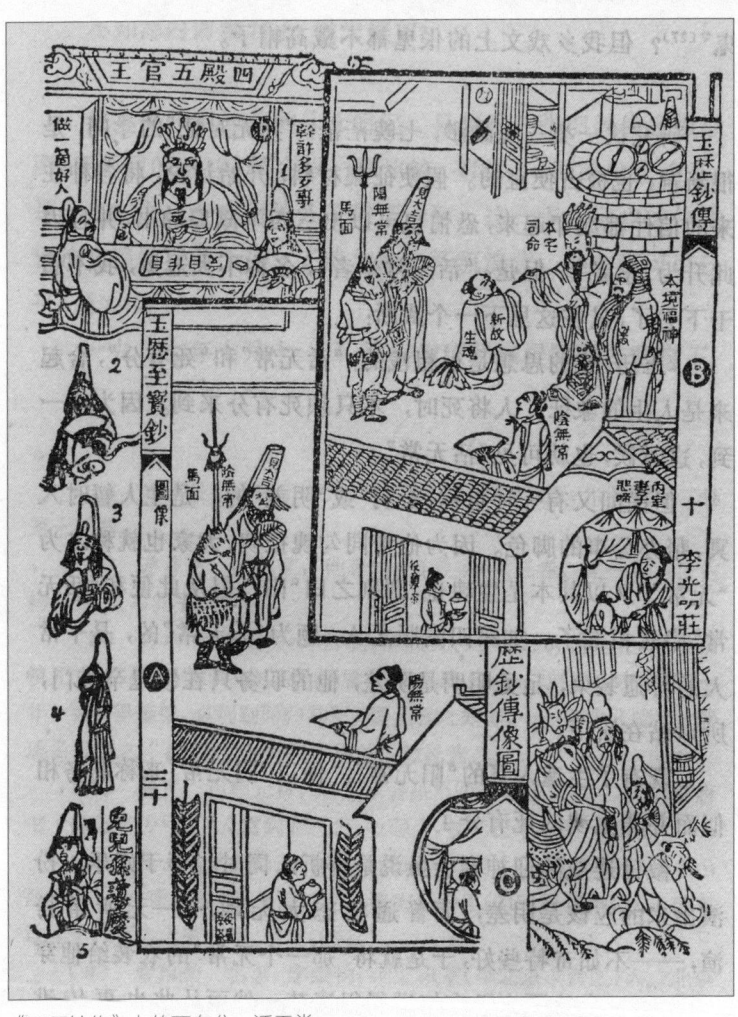

《玉历钞传》上的死有分、活无常

母親大人膝下敬稟者：月十三日接單收到，海嬰已於
廿一日在蕭軍處這一兩天遇見大鬧，但他寄了一個
第一傷風後一也上去接廚房竟後未忙之事，他上二歲上
本月已犯用已寫的也說看這件事今竹上他太（？）
不能了一有去看到了他不某上寫了未來了，每同
沒玩是？
大哥寒？的事為之這等，出做了也出活字佣，
上廚上戈先搬位，有道事暴？已忙此這是於年上
月辰家這呆东出火二合㛻、十家於……男又等馬
与海嬰柏好任為念，寓免很食药，但男而記得的，希達上一個小孩子，他因
回促宿院正鸾，違世家這華德
金安。
男樹呌上
十二十一日

鲁迅手稿及书信

2

鲁迅先生亦无心作书家,所遗手迹,自成风格。融冶篆隶于一炉,听任心腕之交应,朴质而不拘挛,洒脱而有法度。远逾宋唐,直攀魏晋。世人宝之,非因人而贵也。

——郭沫若

其(鲁迅)书法一笔不苟,饶有风趣。

——许寿裳

不要因为我写的字不怎么好看就说字不好，因为我看过许多碑帖，写出来的字没有什么毛病。

——鲁迅

《阿Q正传》手稿一页

阿Q正传

第六章 从中兴到末路

巴人

在未庄再见阿Q出现的时候，是刚过了中秋。人们都惊异，说是阿Q回来了，于是又回上去推论，他先前那里去了呢？阿Q前几回到上城，大抵早就兴高采烈的对人说，但这一次却并不，因而也没有一个人留心到。他或者也曾告诉过管土谷祠的老头子，然而未庄老例，只有赵太爷钱太爷和秀才大爷上城才算一件事。假洋鬼子尚且不算，何况是小D。但阿Q。因此老头子也就不替他宣传，而未庄的社会上也就无从知道了。

但阿Q这回的回来，却与先前大不同，确乎很值得惊异。天色将黑，他睡眼蒙胧的在酒店门前出现了，也走近柜台，

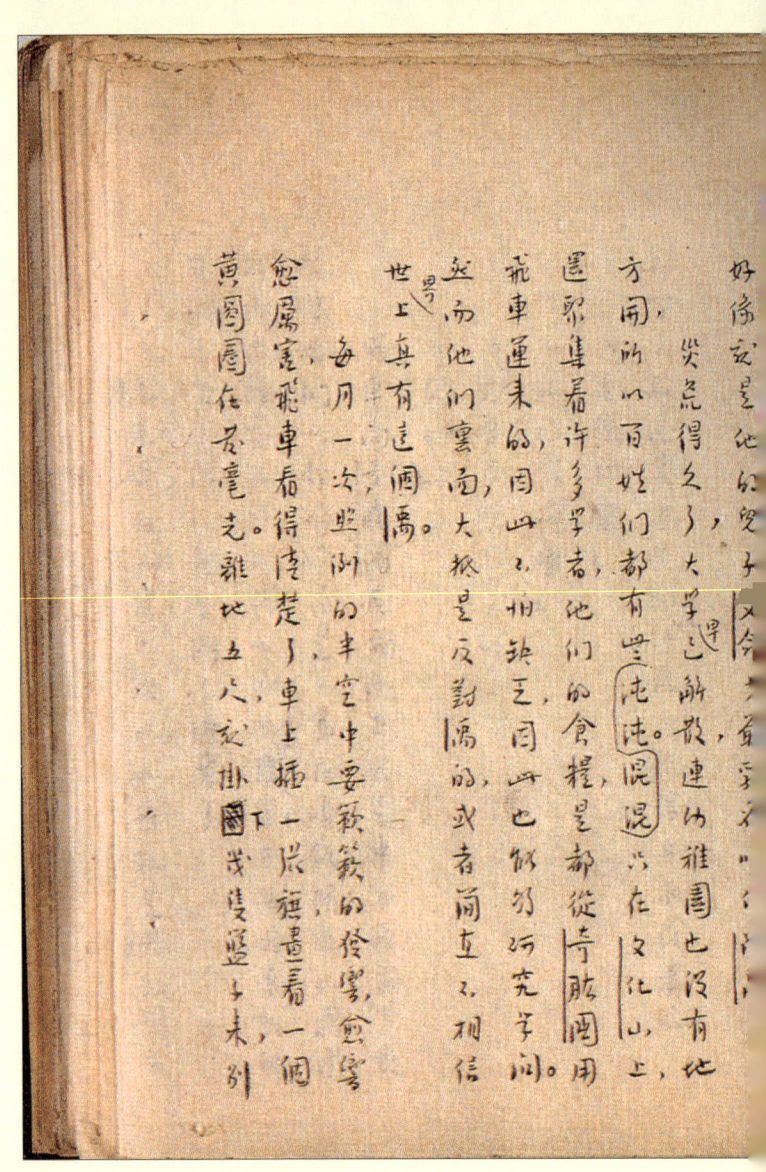

好像就是他的兒子，又念出來要看"○○"，
災荒得久了，大學迕所散遣的稚園也沒有他
方開，所以百姓們都有些沌沌混混，此在文化山上，
還家集看許多學者，他們的食糧是都從奇肱國用
飛車運來的，因此也相故上同此也頗別特別尊同。
然而他們裏面，大概是反對禹的或者同直不相信
世上真有這個禹。

每月一次從空中要颙颙的铃驿，铃驿
愈厲害飛車看得清楚了，車上插一張旗，畫着一個
黄圈圈在黄毫尤難地上，灾隻籃于未別

《故事新编》之《理水》手稿

理

水城修築工程

一 縣佐家住三樓

這時候是「湯陽供水方剒階洪懷山裏陵」，舞踊的百姓倒並不都擠在露天水面的山頂上街的綑在樹頂有的坐着未挑挑上捻有小小的板棚從岸上看起未很富于詩趣。

遠地裏的鋪鳥是縱未挑上讀這未的大家怕于知是鯀大人因為治了九整年的水汁麼飲發也

《答徐懋庸并关于抗日统一战线问题》

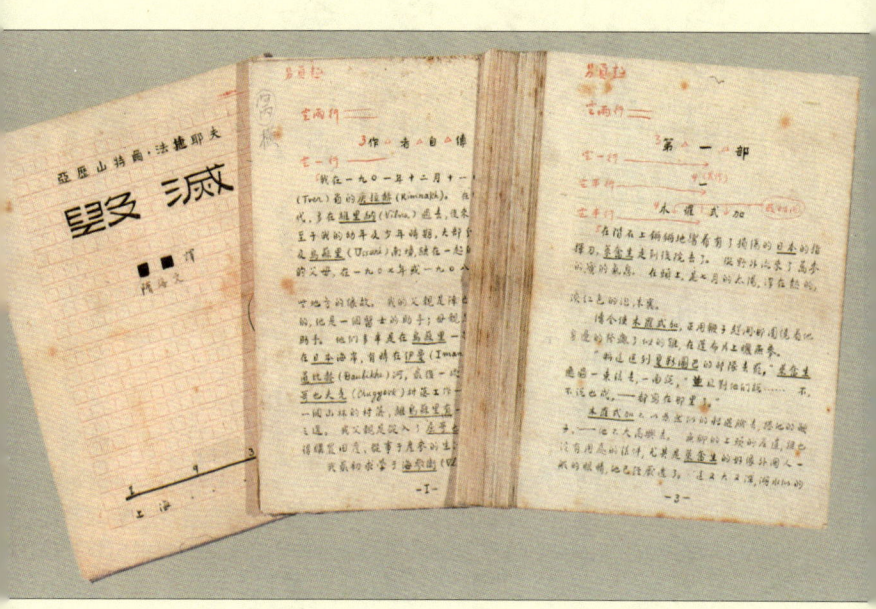

《毁灭》译稿

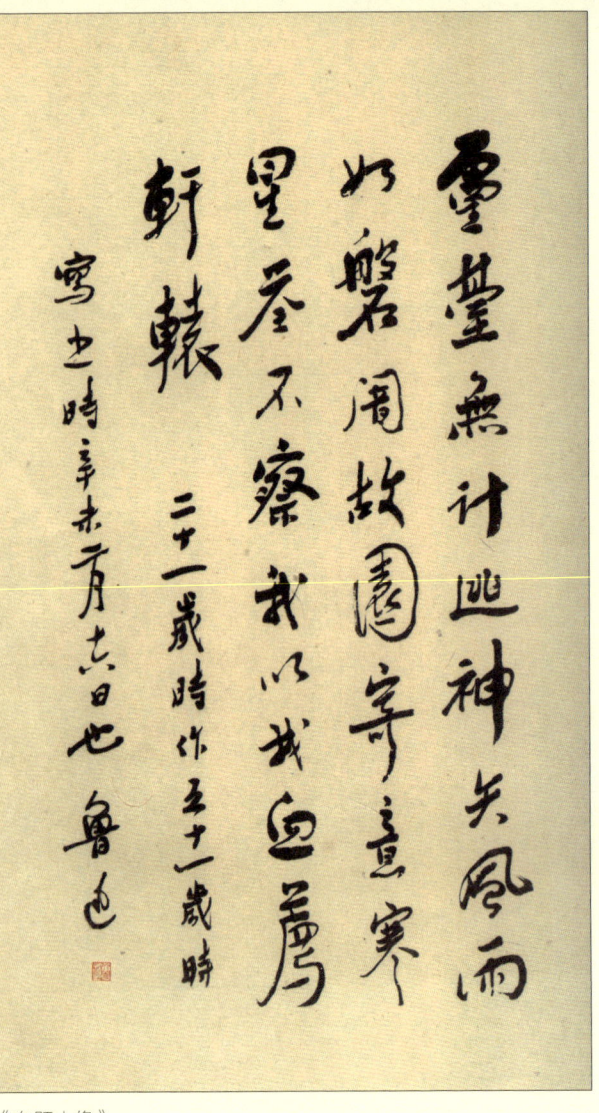

《自题小像》

释文:"灵台无计逃神矢,风雨如磐闇故园。寄意寒星荃不察,我以我血荐轩辕。"

《自嘲》

释文："运交华盖欲何求,未敢翻身已碰头。旧帽遮颜过闹市,破船载酒泛中流。横眉冷对千夫指,俯首甘为孺子牛。躲进小楼成一统,管他冬夏与春秋。"

《答客诮》

释文:"无情未必真豪杰,怜子如何不丈夫。知否兴风狂啸者,回眸时看小於菟。"

無情未必真豪傑 憐子如何不丈夫 知否興風狂嘯者 回眸時看小於菟

坪井先生哂正

未年之冬戲作錄請

魯迅

《题〈呐喊〉》

释文:"弄文罹文网,抗世违世情。积毁可销骨,空留纸上声。"

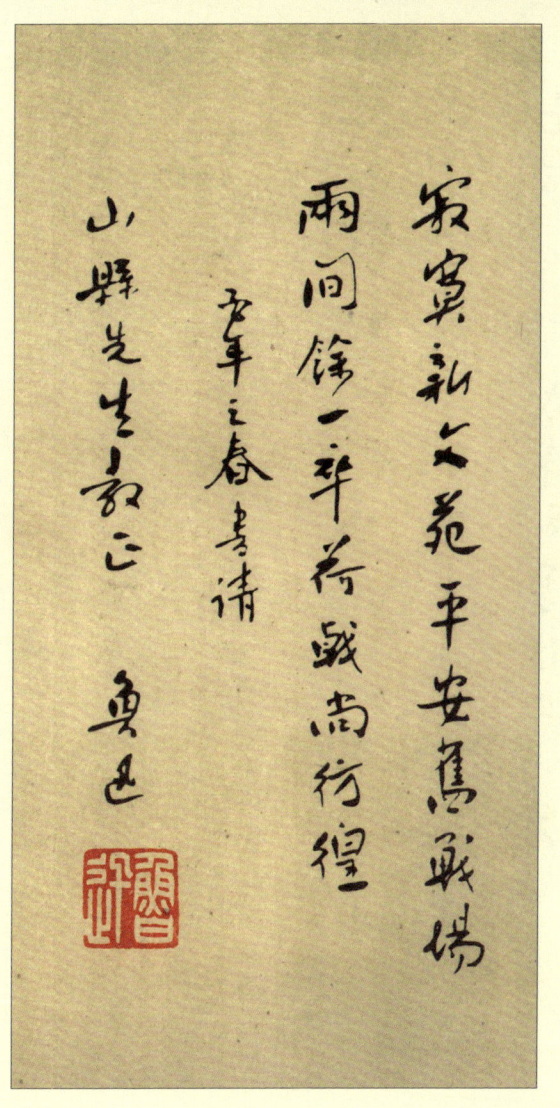

《题〈彷徨〉》

释文:"寂寞新文苑,平安旧战场。两间余一卒,荷戟尚彷徨。"

萬家墨面沒蒿萊，敢有歌吟動地哀。心事浩茫連廣宇，於無聲處聽驚雷。

戊年初夏偶作以應

新居先生雅教

魯迅

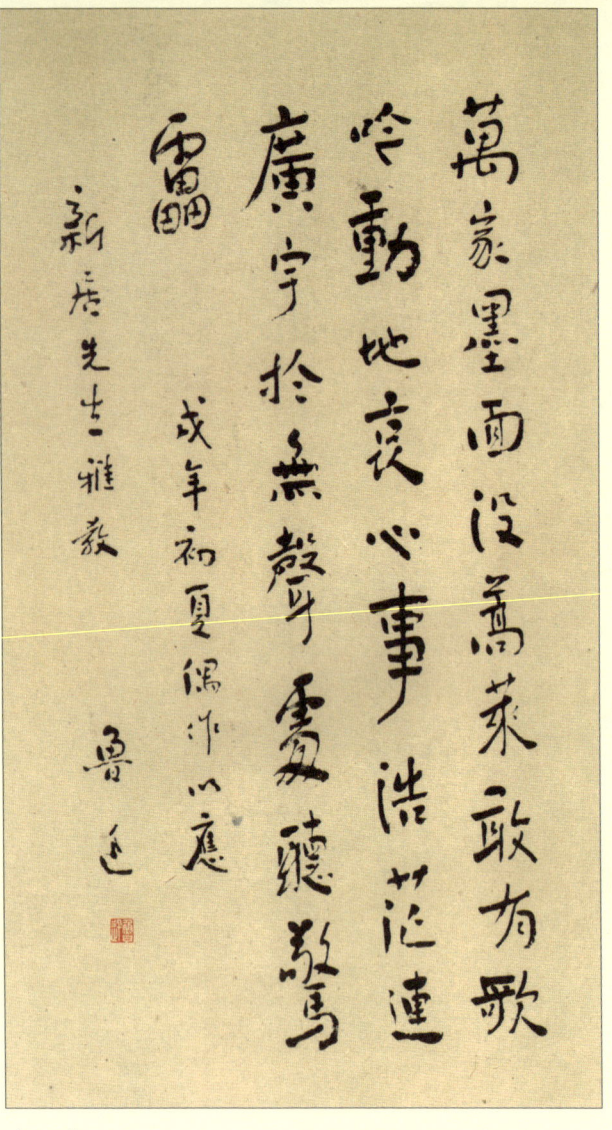

《无题》

释文："万家墨面没蒿莱，敢有歌吟动地哀。心事浩茫连广宇，于无声处听惊雷。"

《秋夜有感》

释文:"绮罗幕后送飞光,柏栗丛边作道场。望帝终教芳草变,迷阳聊饰大田荒。何来酪果供千佛,难得莲花似六郎。中夜鸡鸣风雨集,起燃烟卷觉新凉。"

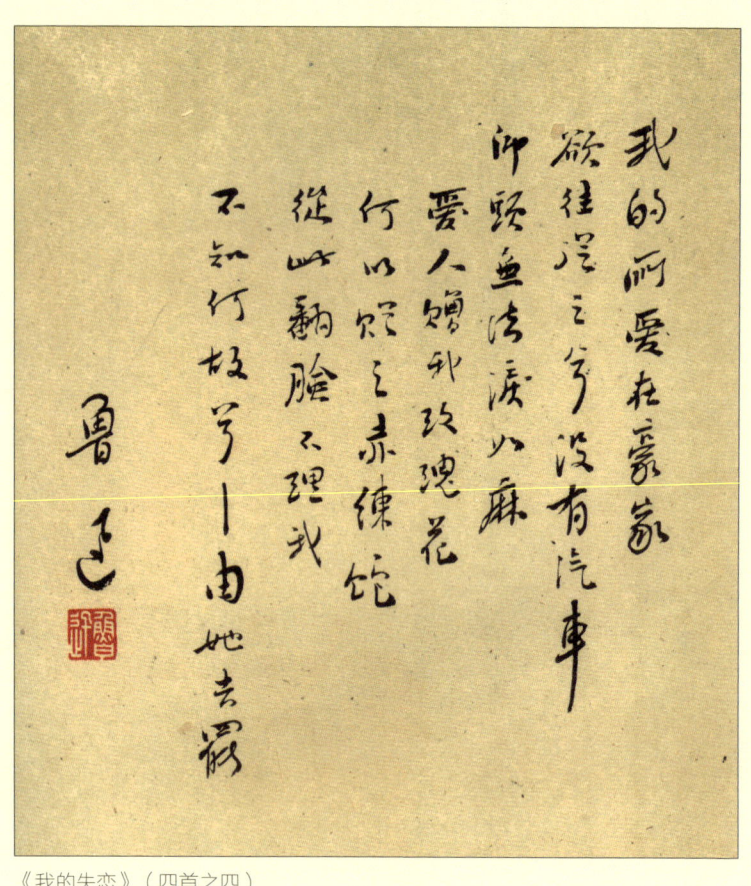

《我的失恋》（四首之四）

释文："我的所爱在豪家，欲往从之兮没有汽车。仰头无法泪如麻。爱人赠我玫瑰花，何以赠之赤练蛇。从此翻脸不理我。不知何故兮——由她去罢。"

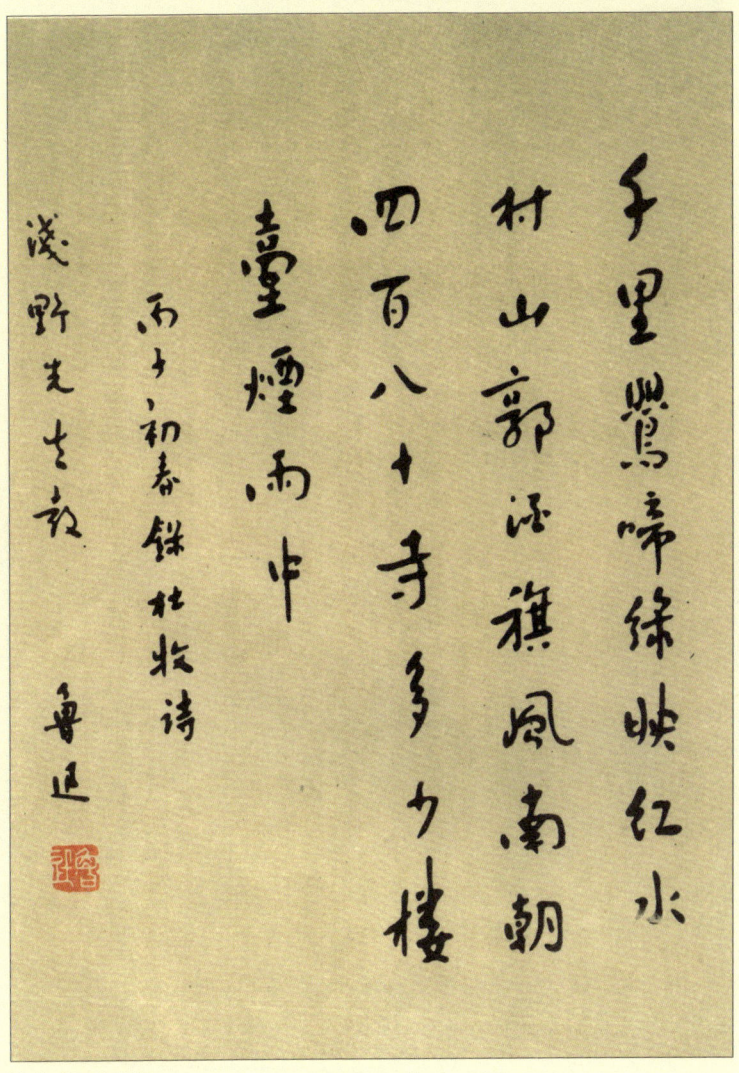

杜牧《江南春》

释文:"千里莺啼绿映红,水村山郭酒旗风。南朝四百八十寺,多少楼台烟雨中。"
跋语:"丙子初春录杜牧诗,浅野先生教。"

李贺《感讽》（五首之三）

释文："南山何其悲，鬼雨洒空草。长安夜半秋，风前几人老。"

李白《越中览古》

释文:"越王勾践破吴归,义士还家尽锦衣。宫女如花满春殿,只今惟有鹧鸪飞。"

何瓦琴句

释文:"人生得一知己足矣,斯世当以同怀视之。"

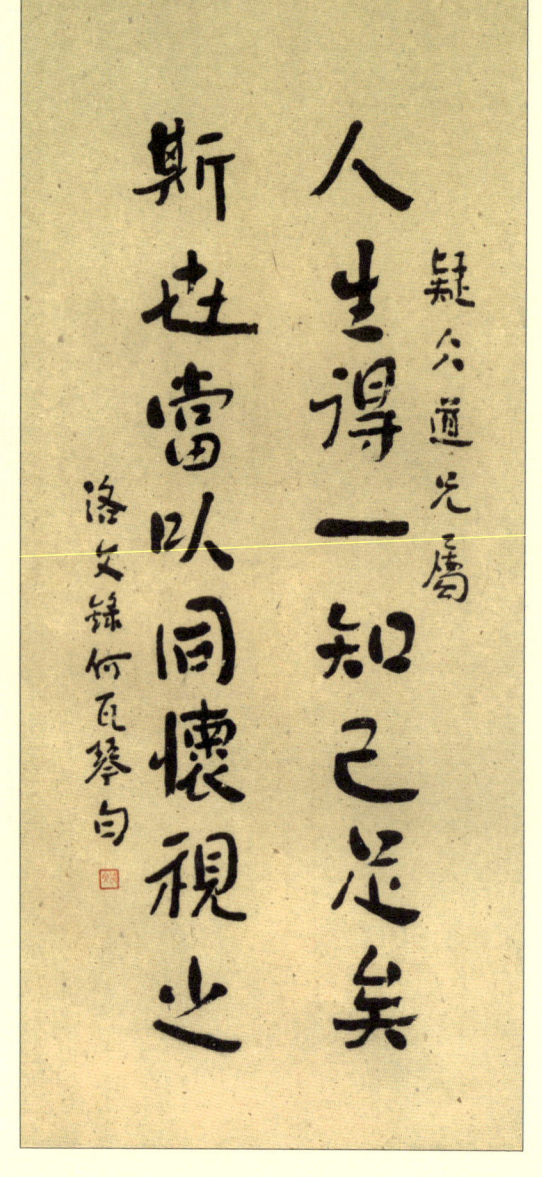

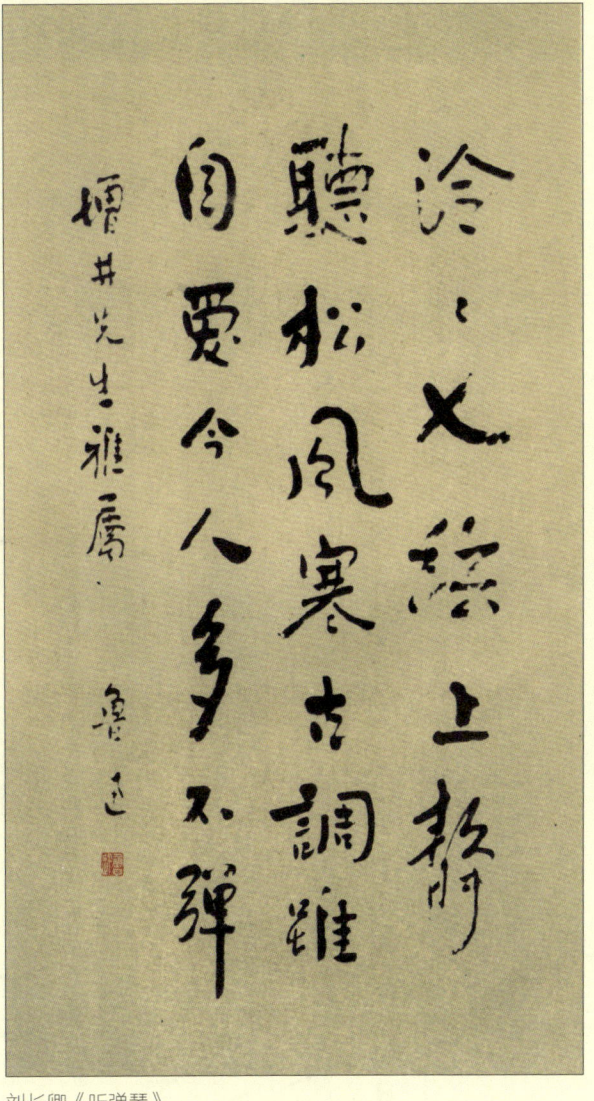

刘长卿《听弹琴》

释文:"泠泠七弦上,静听松风寒;古调虽自爱,今人多不弹。"

薛葉歆青葉聯芳是數人於學術頗可居立然大底憶
往來矣越問不識何似今豕無一存者僅餘能乾三宗琳
二十以今李來未播遷百起孟來昌謂尚欲略習法文
僅擬即速之返緣法文不能變米肉也使二李前而化
此語當自擊然今茲思想轉變實已如是頗自閱歎也
俄事兼揚人短居老好喜机往來空留意此事作之舉
聞武岑未均已忘却故更居告越中縣地不可居偶舉此
行意當較義平孰取曼福
二月卅七日 周桂人上

致许寿裳
（1911年3月7日）

季巿足下：顷奉手書如見故人甚慰。足下歸喜復知去年所奉書不達。十又則頗怛，鄙局彼輩卑鄙且目人不知，僕居於何地矣，師範記收入意，當菲薄然教習卻不可不屬對付今人，既鼻如此，對付古人或未免鼻如此。變和之事已定，恐俩舉相見，希勿言，僕頗念之。賣田之舉去年已實行，資亦早馨，迩方析分心田，僕之所異概卽獻諸叢人事一切書卽寫代寸刂金一城我为就看年译稿，供你补之用。小九二女已去办了，念信三二上至于老三之事，社稷的生印我怀等，未知印出否，如为何洽法为合，望告知你已有两次，可必其用至米五期也。中秋前同。今日刘拔二信。潘令，你为信，可必删去爹文，辛兴说恨，潘之之风雨之事，但改昨同去其浪漫乡之气氛，上尚不惹也。但宗顾姐之作，如接老三之之国有此必，字模，故章必改为砰磕。必带因女人命必亦，匈神活运致必国其内，撒含温我，对此别无事。後股子我辈之接黄，尚え孝束，珠吾。我之以废西五文等叙仔九曰等本已告请，未完，我若以中秋之故希望之老年家中但安，勿念。作必读。久树上 九月十七

致周作人
（1921年9月17日）

同来吃?。我答以有些不舒服。其实我一个人倒也不一定要不舒服的。其实我一个人倒也不一定不舒服。于是姑娘是不相宜的。纵母亲近来的见识比国你很坏，她总是同我说八道谣，这于我是毫无同心的，所以我也不起多说我们的事。因为恐怕于她也乏记得有什么兴趣。平常似乎含着恶来往，多至五个月，连我的日记本子也都打开过了。那自然，这就使我不怎多这。呵的。他的女人，似乎又要来了。不过这种情形，我倒毫不气也不高兴。来了，却一件事，总是好的。所以十二点，却很静，和上海大不相同。我不动亦不睡了，没有。我觉得她一定这末睡着，以为我正在大说三年来的经历。其实并未大谈，我次在此说非姑意来永不得发自己，我也当再小和气谈过隙的时光不便以外心爱霉

今夜就些这样罢，不回再谈。

五日十五夜

致许广平（1929年5月15日）

48

乘姑！小刺蝟！

在滬寧車上，澳弟游了一個半后，渡江上了平甫連車，也昏昏定着一陣瞌睡。這就好了，要送一回半的夜飯，十一點睡覺，從此一直睡到第二天十二點鐘，醒來時已出江蘇境，並且過江了，此後浙粵蚌蟀，到山東嶧縣了。不記得刺蝟下地的山上晴，我怕她鼻子凍冷，不敢這樣。

車上和渡江的船上，遇見許多熟人，有馬力漁山姆夫，嵩壽山的朋友，那些未名社的一群；還有我們同問人，說是我的學生，但我不記他們了。

我們到處受到朋友殷勤厚意的招待，橘、菜、茶、山東香片，可以倒盡不冷靜。車馬費都不用我們出。

今天心裏覺得很輕鬆，那塊沉甸甸的石頭放下了。三年來為她為塵。下午寫一電，我想寫快到十六日下午可達上海了。

家裏一切如舊，母親精神形貌仍如三年前，她說寫馬為什麼不家璧先生：

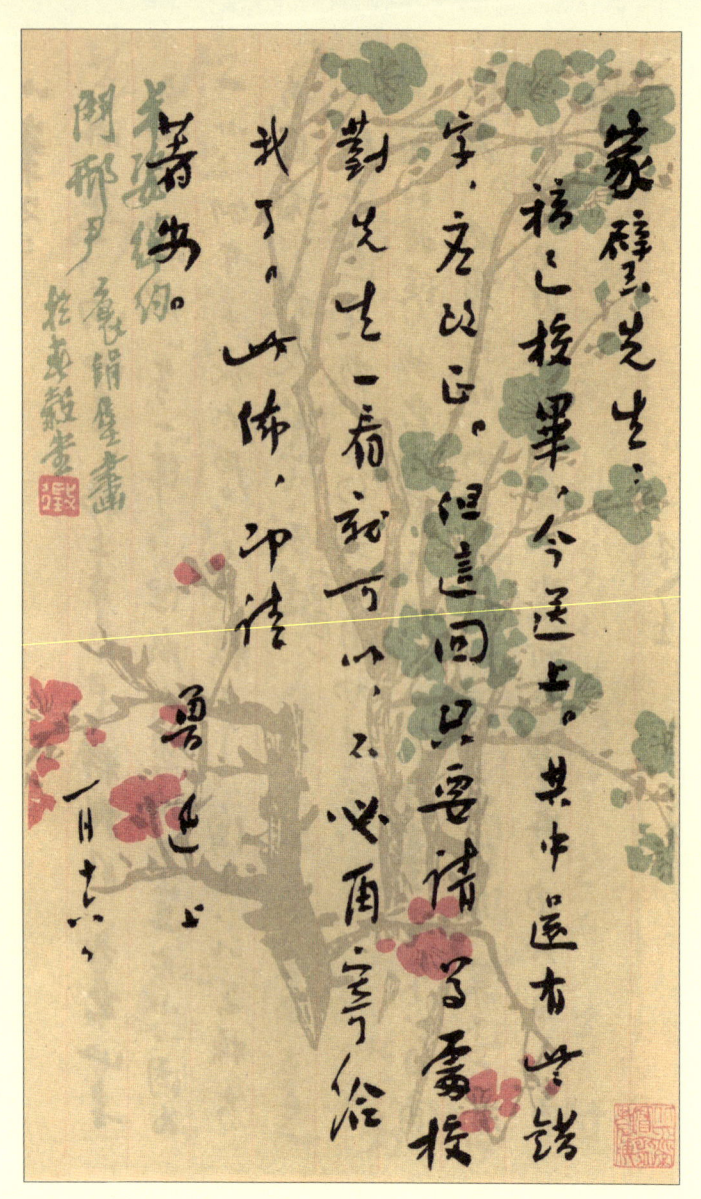

稿已校畢，今送上。其中還有些錯字，爲改正，但這回只要請了書後對先生一看，就可以不必再寄給我了。此佈，即請

撰安。

魯迅 上 一月十六日

静农兄：

六日来信收到，另四片均收，谢谢。民族学会大概是乙会长弄的，此番下四不解骨。以闲为由，乃已复讫。此稿拟寄，久之因心，偶一涉笔，逐即不糊涂为公雠也。今日有吧黎一六年份《译文》二年外，欲无不逢瘿呢，健功，悼词，马场，及画士先生言免下（不知其名，如兄考知，为泐。）文中间已补把秘密禁止云。在辅大之讲演，记辈有笔生记去，之之时只好一依怜我。固此地有人画我去好在此年之讲演，泾州成二小册子之也。等是月报力期，已论人往专局去取，到必复字，论而去寿为主六今年，山小闹之以讹，即怖以诖牵末去，全年／为耀以敷了五十。乙女七月一日由汇局汇去，但恐你侃客主当年未去，全年／为佩亮，好于下明日附饭歆全数寄去，另此一事耳。

此贺

印项

特候。

迅上

二月十二夜。

母亲大人膝下,敬禀者,一月十三日信,早收到。海婴已放假,在家里玩,这一两天,闹不算大闹。但他考了一个第一,妈妈说大人也要摆桌,竟说来说去,附上一张,上半身是他相已寄的,也说看这件事,今附上。他大约上一张后一百多了,男说,如果字写不出来了,也要同我说是少吃饭。
丈量家信的事,不必过虑,此次要一些饿肚子,上去说某佩了。
上海近来天气阴冷,大有过年景象,这里也这是阴历十二月底,偏过年。家里穷一点,食物太家吃了。
买东西很贵,香肠而记得的,却送去一个小孩子,他的与海婴的饭饭,请勿念。
回信,请即再寄。专此布达,并请
金安。
　　　　　男树叩上 一月二十一日

姚克先生：

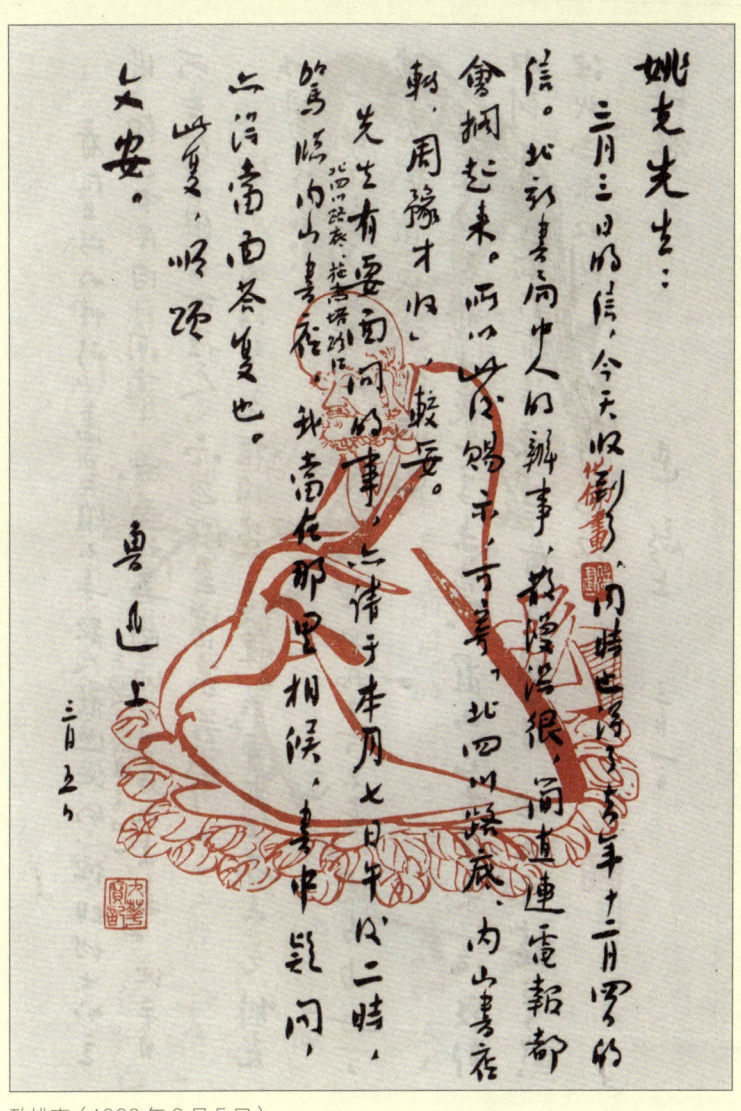

三月三日的信，今天收到了。同时也寄上《引玉集》一本，十二月寄的信，此刻想局中人们办事，敷衍得很，简直连电报都会搁起来。而以此促销未可知，北四川路底，内山书店，周豫才收，较妥。

先生有要画而问的事，请于本月七日午后二时，笃临内山书店，我当在那里相候。要中须问，不得漏而答复也。

匆匆，顺颂

文安。

鲁迅 上 三月五日

致姚克（1933年3月5日）

萧伯纳在上海
Mr. G. Bernard Shaw

乐雯剪贴翻译并编校 鲁迅序

WELCOME SHAW

WITH ADELPHI SAGE

1933

3 鲁迅设计

过去所出的书,书面上或者找名人题字,或者采用铅字排印,这些都是老套的,我想把它改一改,所以自己来设计了。

——鲁迅

拟 国 徽 图

案元图龙及华虫尾皆内向，作曲裹式，后經国务院会議，外交部主改为尾向外張如今图。

中华民国北洋政府时期的国徽

北京大学校徽

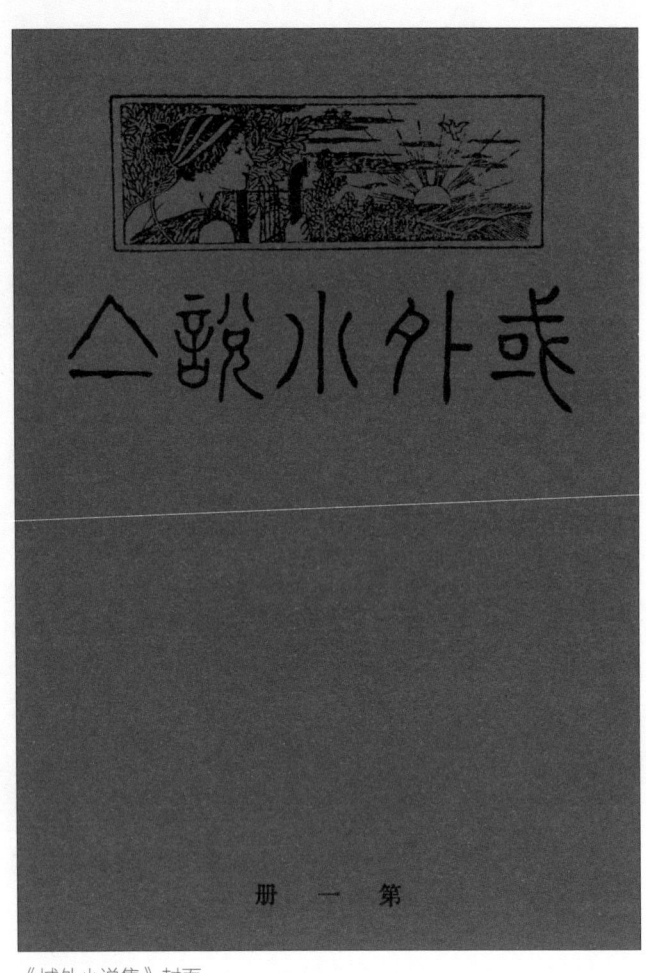

《域外小说集》封面

桃色的雲

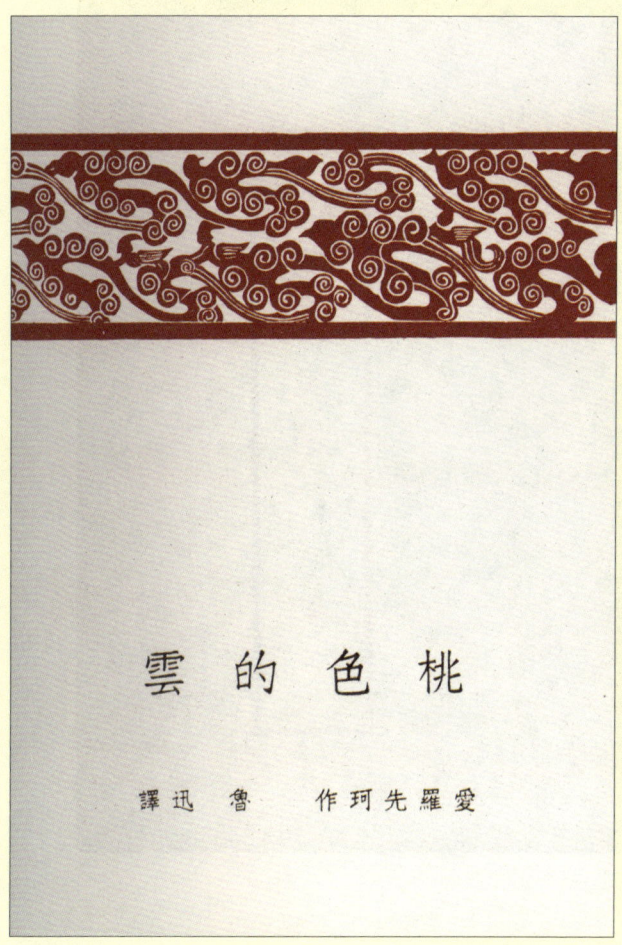

愛羅先珂作　魯迅譯

《桃色的云》封面

《呐喊》封面

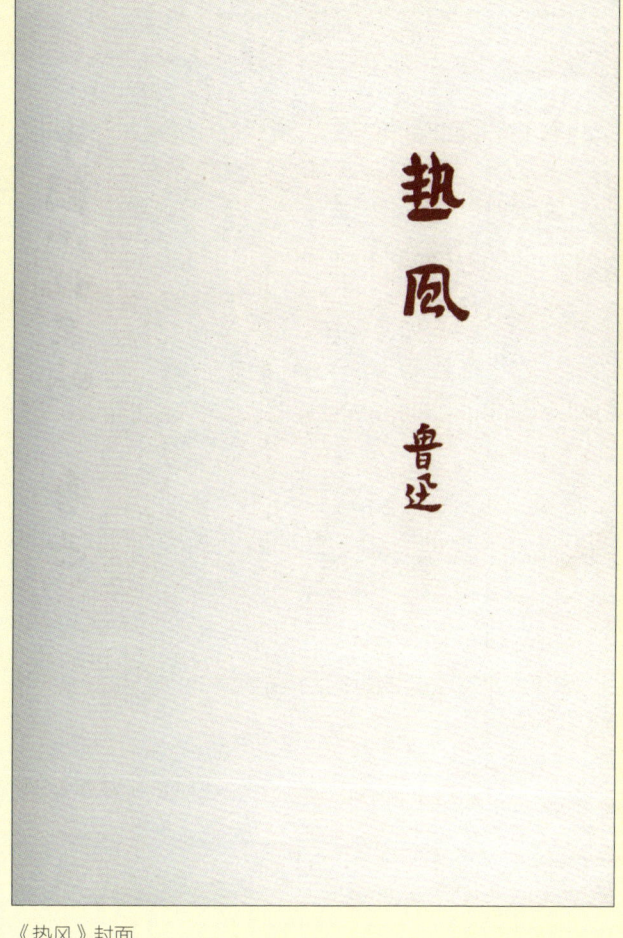

《热风》封面

《中国小说史略》封面

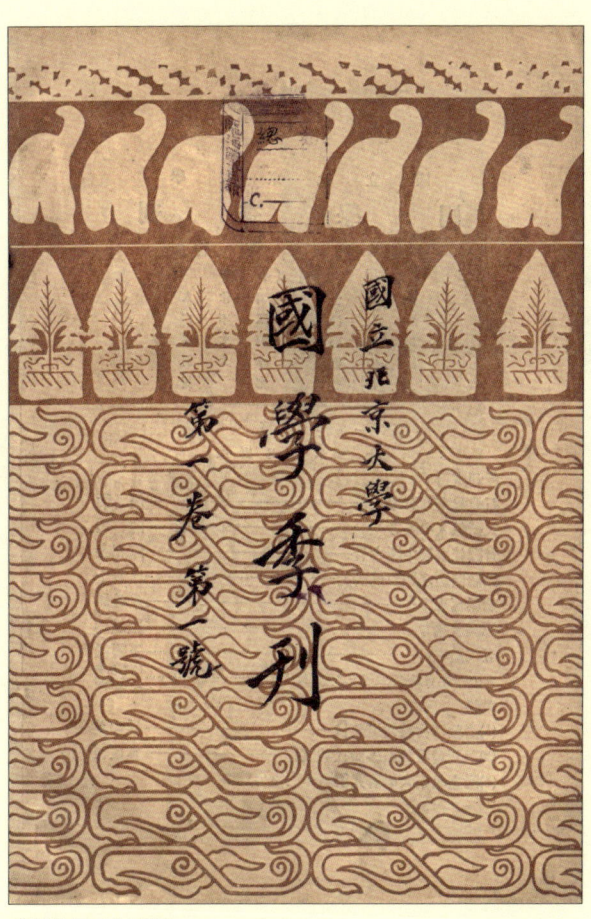

《国学季刊》封面

《奔流》封面

《华盖集续编》封面

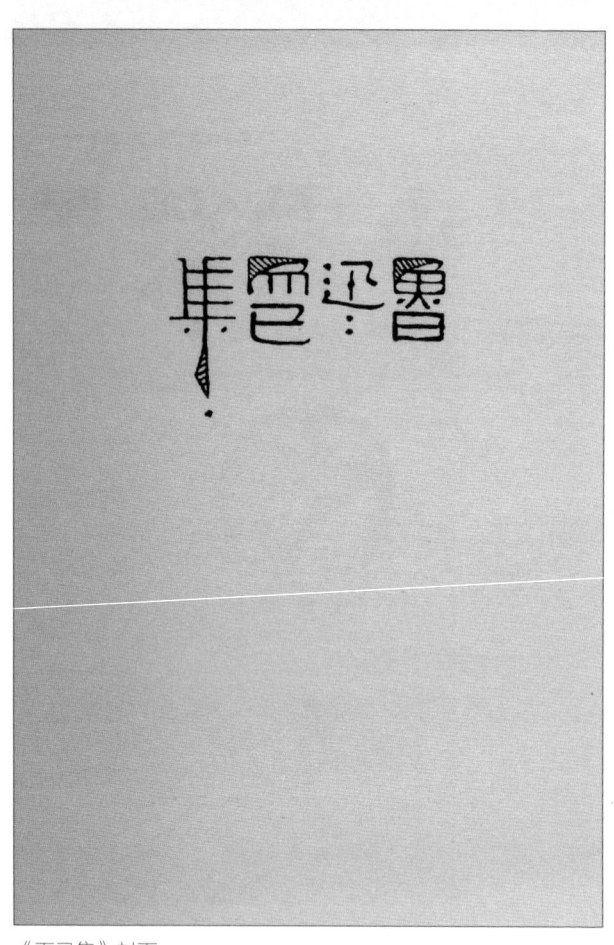

《而已集》封面

小约翰

荷兰·F·望·蔼覃 著　　鲁迅 译

《小约翰》封面

小彼得

匈牙利·H·至爾·妙倫·著

德國·喬治·格羅斯·畫

許霞譯

一九二九

春潮書局印行

《小彼得》封面

《艺术论》封面

《萌芽月刊》封面

《文艺研究》封面

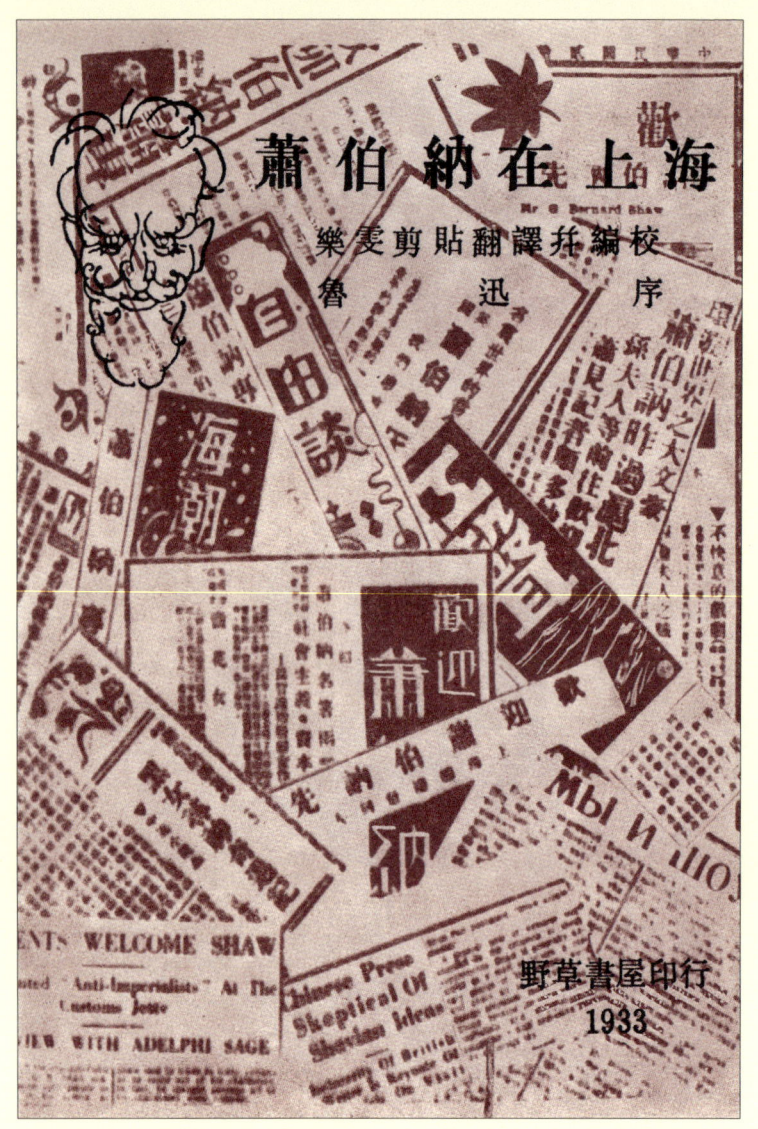

《萧伯纳在上海》封面

朝花小集

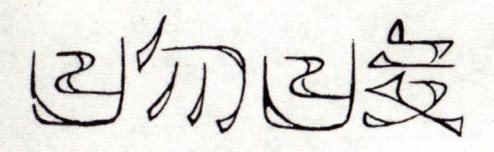

接吻

波希米亞山中故事
捷克·K.斯惠忒拉著

真吾譯

一九二九年·朝花社出版

《接吻》封面

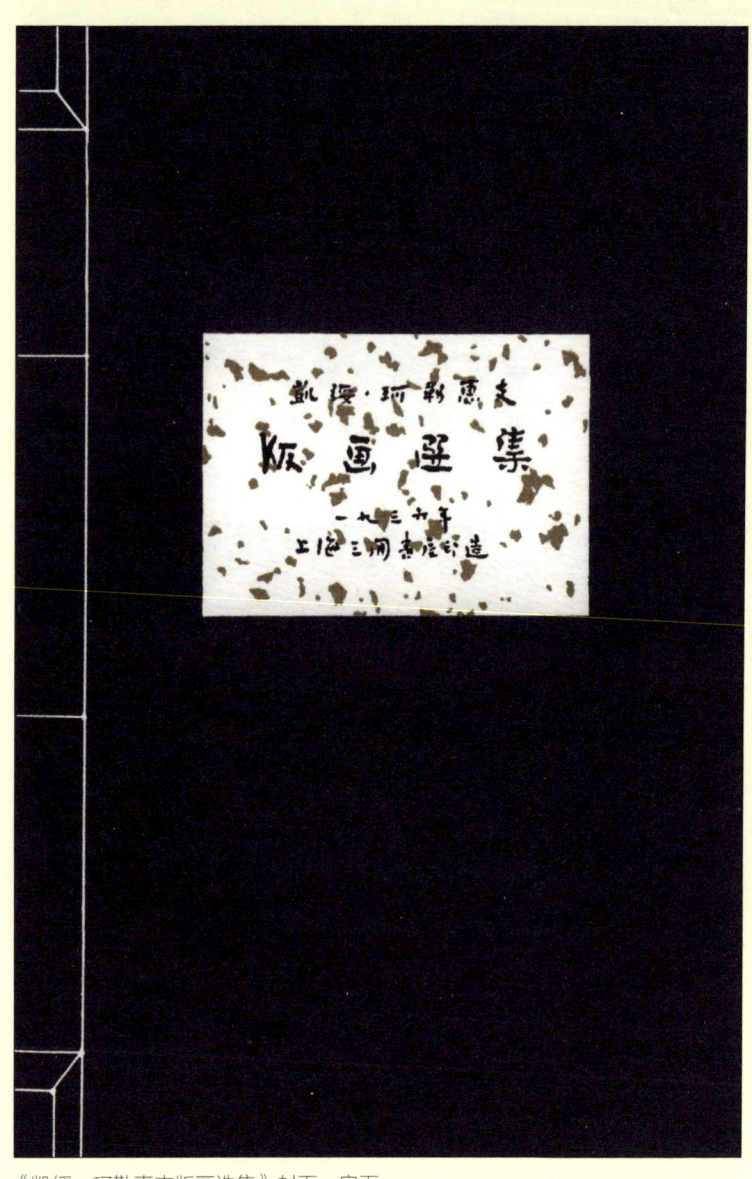

《凯绥·珂勒惠支版画选集》封面、扉页

凱綏·珂勒惠支版画選集

亞格納斯·史沫德黎序

魯迅選畫並作序目

錶

L·班台萊耶夫作

勃魯諾·坪克繪

魯迅譯

譯文社印

生活書店發行

《表》封面

《心的探险》封面

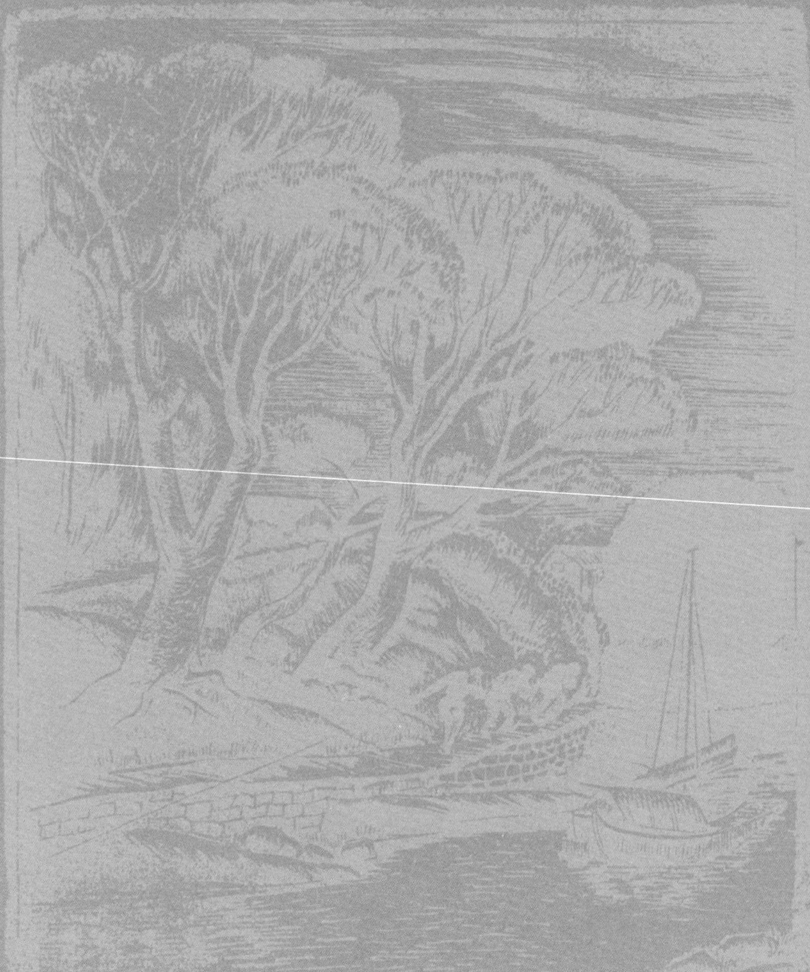

鲁迅收藏版画

4

到近几年,才知道西洋还有一种由画家一手造成的版画,也就是原画,倘用木版,便叫作"创作木刻",是艺术家直接的创作品,毫不假手于刻者和印者的。现在我们所要介绍的,便是这一种。

为什么要介绍呢?据我个人的私见,第一是因为好玩。说到玩,自然好像有些不正经,但我们钞书写字太久了,谁也不免要息息眼,平常是看一会窗外的天。假如有一幅挂在墙壁上的画,那岂不是更其好?倘有得到名画的力量的人物,自然是无须乎此的,否则,一张什么复制缩小的东西,实在远不如原版的木刻,既不失真,又省耗费。自然,也许有人要指为"要以'今雅'立国"的,但比起"古雅"来,不是已有"古""今"之别了么?

第二,是因为简便。现在的金价很贵了,一个青年艺术学徒想画一幅画,画布颜料,就得化一大批钱;画成了,倘使没法展览,就只好请自己看。木刻是无需多化钱的,只用几把刀在木头上划来划去——这也许未免说得太容易了——就如印人的刻印一样,可以成为创作,作者也由此得到创作的欢喜。印了出来，就能将同样的作品，分给别人，使许多人一样的受到创作的欢喜。总之，是比别种作法的作品，普遍性大得远了。

第三，是因为有用。这和"好玩"似乎有些冲突，但其实也不尽然的，要看所玩的是什么。打马将恐怕是终于没有出息的了；用火药做花炮玩，推广起来却就可以造枪炮。大炮，总算是实用不过的罢，而安特莱夫一有钱，却将它装在自己的庭园里当玩艺。木刻原是小富家儿艺术，然而一用在刊物的装饰，文学或科学书的插画上，也就成了大家的东西，是用不着多说的。

这实在是正合于现代中国的一种艺术。

——鲁迅《〈木刻创作法〉序》

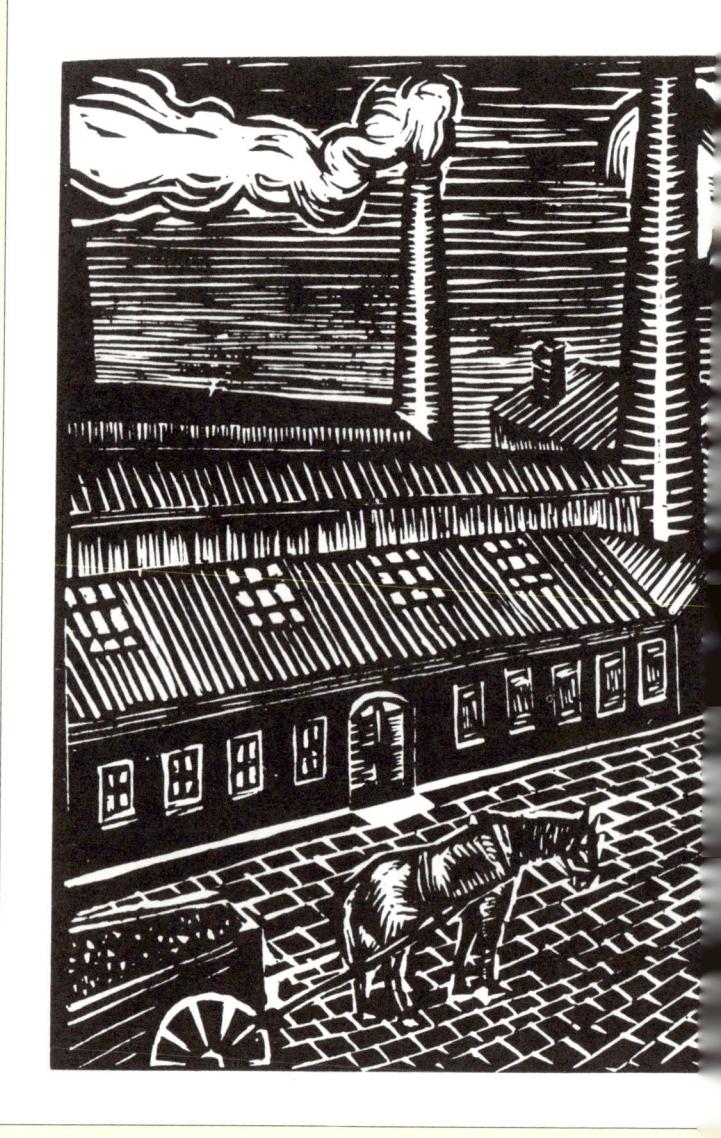

陈烟桥《工场》

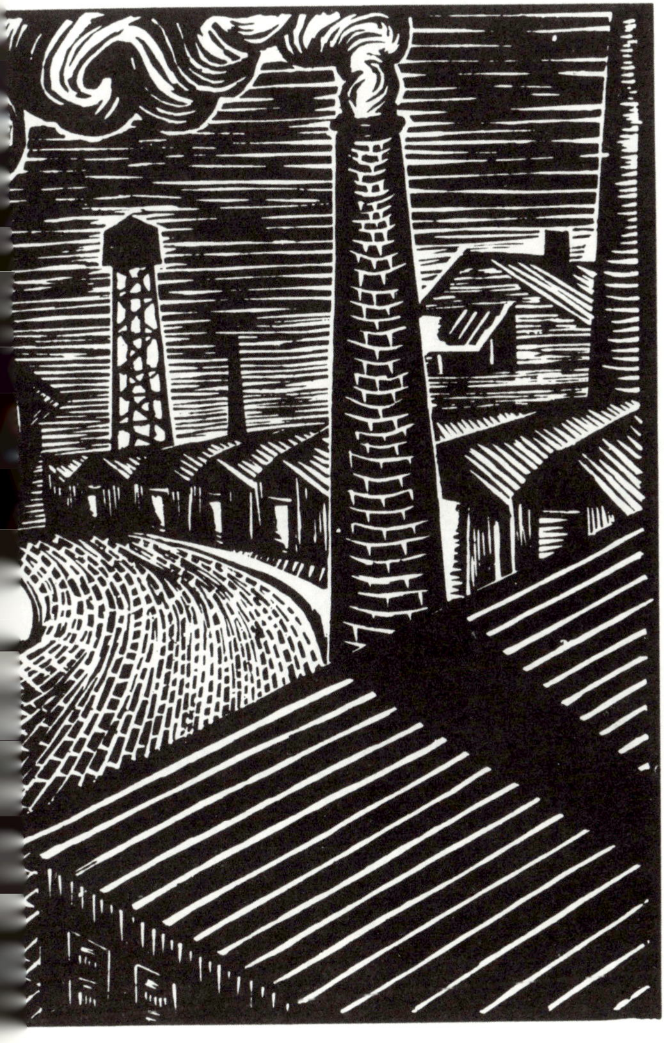

陈铁耕《母与子》

罗清桢《韩江舟子》

张影《码头》

何白涛《雪景》

段干青《补衣老妪》

温涛《他的觉醒》

斯塔洛诺索夫《铸铁厂》

保夫理诺夫《普希金像》

凯绥·珂勒惠支《德国的孩子们饿着》

凯绥·珂勒惠支《牺牲》

进步的美术家,——这是我对于中国美术界的要求。

美术家固然须有精熟的技工,但尤须有进步的思想与高尚的人格。他的制作,表面上是一张画或一个雕像,其实是他的思想与人格的表现。令我们看了,不但欢喜赏玩,尤能发生感动,造成精神上的影响。

我们所要求的美术家,是能引路的先觉,不是"公民团"的首领。我们所要求的美术品,是表记中国民族知能最高点的标本,不是水平线以下的思想的平均分数。

——鲁迅《热风·四十三》